用忠诚和勤廉
坚守初心使命
新时代长征路上
我们就要学习
这样的身边榜样——

# 榜样

广西勤廉榜样先进事迹
新 闻 宣 传 报 道 集

中共广西壮族自治区纪律检查委员会　编

广西人民出版社

图书在版编目（CIP）数据

榜样：广西勤廉榜样先进事迹新闻宣传报道集 / 中共广西壮族自治区纪律检查委员会编 . — 南宁：广西人民出版社，2019.9
ISBN 978-7-219-10904-5

Ⅰ . ①榜… Ⅱ . ①中… Ⅲ . ①人物—先进事迹—广西—现代 Ⅳ . ① K820.867

中国版本图书馆 CIP 数据核字（2019）第 225467 号

BANGYANG——GUANGXI QINLIAN BANGYANG XIANJIN SHIJI XINWEN XUANCHUAN BAODAOJI

榜样——广西勤廉榜样先进事迹新闻宣传报道集
中共广西壮族自治区纪律检查委员会 编

责任编辑 张雪芹
责任校对 覃丽婷 杨 冰
封面设计 翁襄媛
责任排版 李宗娟

出版发行 广西人民出版社
社 址 广西南宁市桂春路 6 号
邮 编 530021
印 刷 广西民族印刷包装集团有限公司
开 本 787mm×1092mm 1 / 16
印 张 15.5
字 数 240 千字
版 次 2019 年 9 月 第 1 版
印 次 2019 年 9 月 第 1 次印刷
书 号 ISBN 978-7-219-10904-5
定 价 56.00 元

# 编者的话

榜样的力量是无穷的。习近平总书记在"不忘初心、牢记使命"主题教育工作会议上指出，要宣传正面典型，宣传党员干部身边可信可学的先进人物。

自治区纪委监委机关、自治区党委组织部、自治区党委宣传部2018年按照"对党忠诚、清廉守纪、勤政为民、爱岗敬业、无私奉献"的具体标准评选出来的30名广西勤廉榜样，就是这样可信可学的先进人物。为中国人民谋幸福、为中华民族谋复兴是中国共产党人的初心和使命，广西勤廉榜样彰显了用勤政廉政诠释初心使命、用勤政廉政坚守初心使命的新时代新风采。

2019年7月24日自治区纪委监委机关、自治区党委组织部、自治区党委宣传部联合举办的勤廉·初心——致敬广西勤廉榜样颁奖仪式，主题"勤廉·初心"就源于此。颁奖仪式前，自治区党委书记鹿心社、自治区主席陈武等领导亲切会见30名广西勤廉榜样。鹿心社表示，自治区隆重举行广西勤廉榜样颁奖仪式，既是一堂生动的勤政廉政教育课，也是推动主题教育深入开展的一项重要举措。他勉励大家当好对党忠诚、信念坚定，勤政务实、担当实干，为民服务、清正廉洁的榜样。

先进典型示范引领和反面典型警示教育，如车之两轮、鸟之两翼。在扎实开展反面典型警示教育的同时，自治区纪委监委机关2017年以来两次联合自治区党委组织部、自治区党委宣传部在全区举行广西勤廉榜样选树宣传活动，共选树49名广西勤廉榜样，进一步强化身边榜样引领作用。以此为龙头，带动全区各级各部门全面开展勤廉榜样选树宣传活动。"不勤无以成事，不廉无以立身"的共识已深入人心，廉政教育品牌"勤廉榜样"愈发响亮。

守初心、担使命，找差距、抓落实。在主题教育中，全区党员干部对照可信可学的先进人物广西勤廉榜样，找一找在树牢"四个意识"、坚定"四个自信"、做到"两个维护"方面，在知敬畏、存戒惧、守底线方面，在群众观点、群众立场、群众感情、服务群众方面，在思想觉悟、能力素质、道德修养、作风形象方面存在哪些差距，有的放矢进行整改，体现了共产党人的使命担当和坚持全面从严治党的坚定决心。

涓涓细流汇成壮阔大海，点点能量凝聚磅礴力量。本书摘录了中央、自治区新闻媒体推出的2018年广西勤廉榜样先进事迹报道和举办广西勤廉榜样颁奖仪式的视频、照片、文稿，旨在对身边榜样的先进事迹和崇高精神再发掘、再宣传，汇聚起推动主题教育的强大正能量，进一步把全面从严治党引向深入，激励全区党员干部解放思想、改革创新、扩大开放、担当实干，书写建设壮美广西、共圆复兴梦想的壮丽篇章。

是为序。

编　者

2019年8月

2018年7月24日，勤廉·初心——致敬广西勤廉榜样颁奖仪式在南宁举行。仪式开始前，自治区党委书记、自治区人大常委会主任鹿心社，自治区党委副书记、自治区主席陈武会见2018年广西勤廉榜样全体受表彰人员

自治区党委领导与荣获表彰的广西勤廉榜样合影留念

勤廉·初心——致敬广西勤廉榜样颁奖仪式在南宁举行

荣获表彰的广西勤廉榜样在颁奖仪式上集体朗诵诗歌《初心》

# 目录 / Contents

广西勤廉榜样先进事迹新闻宣传报道集

广西勤廉榜样先进事迹新闻宣传报道集

# 愿各民族像石榴籽一样紧紧拥抱

## ——记南宁市中华中路社区党委书记谢华娟

自治区60大庆期间，南宁市西乡塘区中华中路社区党委书记谢华娟接受采访时，说出了内心炙热的情感："希望社区各民族兄弟，像石榴籽一样紧紧抱在一起。"

16年来，为了这个美好愿望，她用勤政廉政铸牢中华民族共同体意识，团结各民族共同发展，把社区建成"全国民族团结进步创建活动示范社区"。近年来，谢华娟荣获"全国民族团结进步模范个人"等荣誉。

谢华娟（右二）走访社区群众

# 引领民族团结"和谐曲"

中华中路社区毗邻火车站。甘肃、新疆等省区少数民族兄弟到南宁，就喜欢在这里落脚。这里聚居着汉、壮、回、维吾尔等19个民族的同胞，少数民族人口占三成。

一开始，少数民族兄弟白天务工、做买卖，晚上挤在小区楼道里、杂物间。时间一长，难免磕磕碰碰。

"怎么才能让各民族兄弟亲如一家，共同发展？"这成了谢华娟最牵挂的事。她克服语言障碍，帮少数民族兄弟联系工作、找出租房，小区居民关系逐渐融洽起来。

但矛盾纠纷难免发生。"打起来了！"2010年秋的一天，谢华娟突然听到打闹声。两名维吾尔族小伙子因摊位问题纠集人员斗殴，流血事件一触即发。谢华娟奋力拉出三轮车挡在两拨人之间，吼道："谁挑事，冲我来！"

瘦弱的谢华娟爆发出强大气势，一下子就把人群镇住了。在谢华娟调解下，双方化干戈为玉帛。后来，她又多次挺身而出，成功化解矛盾纠纷。谢华娟公正、贴心，赢得了居民的信赖。

"亚克西，亚克西！"各民族兄弟用维吾尔语相互问候，成为社区的和谐风景。原来，谢华娟带头自学少数民族语言，还教小区居民讲维吾尔语日常用语。她联系大学生志愿者开办培训班，义务教少数民族兄弟讲普通话。

"不少少数民族兄弟还能讲一些南宁白话。"谢华娟非常自豪。语言沟通架起了连心桥，社区更加和谐了。

## 打造共同发展"金钥匙"

"社区里哪位少数民族兄弟发展得最好？"记者问。社区居民异口同声："买吐送·玉送。"

几年前，在谢华娟鼓励下，买吐送·玉送参加了社区技能培训班。之后，他来往于新疆和广西之间，葡萄干批发生意做得风生水起。

广西勤廉榜样先进事迹新闻宣传报道集

谢华娟意识到,发展是解决问题的"金钥匙"。她带领社区干部到处收集信息,帮助少数民族兄弟就业。她邀请职校老师开设技能培训班,让他们学习营销、烹饪等技能。

　　授人以鱼,不如授人以渔。2017年夏的一天,"新疆馕饼"摊主阿布都克比尔不会用微信收款,一单生意眼看就要泡汤。路过的谢华娟,赶紧用微信帮他代收。

　　"你得跟上新时代。"谢华娟开导阿布都克比尔说。如今,阿布都克比尔在摊位贴上了二维码支付图,他骄傲地说:"谢大姐帮打印的。我会用微信收付款啦!"

　　少数民族兄弟逐步找到了发展出路,谢华娟又开始思考民族文化的传承发展。她在社区红红火火搞起了"三月三"等活动,吸引了众多少数民族兄弟参加。

　　在南宁市民委等部门支持下,谢华娟带领社区干部办起了"古尔邦节""开斋节"等少数民族节日活动。节日里,各少数民族兄弟载歌载舞,其乐融融。回族姑娘马萍动情地说:"我到过很多地方打工,感觉南宁最温暖。"

谢华娟(中)走访企业

文化发展，凝聚人心。谢华娟组建了社区少数民族文艺队，来自10多个民族的110多人踊跃加入，齐声唱响《没有共产党就没有新中国》……

## 筑牢廉洁从政"防护墙"

"社区是政府服务群众的第一站，如果我们不干净，又怎么能把各民族群众的心连在一起呢？"谢华娟常这样说。

一次，谢华娟成功调解矛盾，一名维吾尔族小伙子掏出一块和田玉感谢她。她坚决推了回去："都是兄弟姐妹，和和睦睦就好。"2017年11月，谢华娟住院，居民自发带红包、礼品探望。她谢绝了："收礼，我们工作就变味了。"

头雁效应带动风清气正。2002年以来，社区干部没有发生违纪违法现象。

廉洁为民的良好风气，更让社区里的企业坚定了发展信心。企业找谢华娟办事，她马上就办，请她吃饭送礼，她从不接受。南宁市某知名企业项目负责人说："我们选择在中华中社区投资，重要的一点，就是这里干部风气好。"

（来源：2018年12月25日，人民网—广西频道，贝为超）

# 创新为民　传承勤廉

## ——记南宁市公安局中山派出所所长黄礼

与时俱进，创新为民；坚守底线，传承勤廉。南宁市公安局中山派出所所长黄礼，无论当社区民警、刑事警察，还是任派出所所长，他始终彰显勤廉为民的人民警察本色。

黄礼（右二）带领治安志愿者开展巡逻工作

黄礼正在和辖区群众交流微信警务室建设

## 小创新解决大难题

2018年9月，南宁市桃源路某大院停车场一片汪洋、水位猛涨。群众拍照上传到辖区中山派出所微信警务室。

"调阅车主信息，通知转移汽车。"中山派出所所长黄礼迅速组织力量紧急施救。数十辆汽车保住了！

黄礼就是这个微信警务室的创始人。2017年，这一创新在全国公安改革创新大赛获铜奖，并在全区公安机关全面推广应用。

橘子郡小区居民至今记得，2016年，时任腰塘派出所社区民警黄礼"直播"破案场景——

居民在微信警务室报称自行车被盗，黄礼迅速到小区监控室查看录像，将嫌疑人影像截图上传微信警务室。

这个"指尖上的警务室"，神了！很快，群众在小区附近拍到可疑身影上传，黄礼按图索骥抓获嫌疑人。

"厉害了！"群众纷纷点赞。2013年，黄礼把社区警务工作植入"互联网+"，创建"黄礼微信警务室"，邀请居民、物业、保安等入群，形成

黄礼深入辖区开展防拐宣传

"线上+线下"，包括微宣传、微服务、微调解、微调度、微破案"五微工作法"，搭建了群防群治、共建平安新载体。

"黄礼微信警务室"就是移动"派出所"，涵盖人口管理、治安管理、信息收集、舆情引导等日常工作。公安部督查专员李国和在群里"潜水"观察后，赞誉有加："这个小创新，解决了困扰社区警务工作的大难题。"

"'黄礼微信警务室'给平安校园建设很好的借鉴作用。"南宁市沛鸿民族中学桃源校区政教处主任邹建宁说。在黄礼带领下，警、校建起校园安全微信群，学校又建起班级和家长微信群，实现逐级联动、平安共建。如今微信警务室遍地开花，辖区警民精心编织了群众基础网、治安防控网、民生服务网、校园防护网。

入警以来，黄礼以群众满意为标准开展创新工作，取得了多项成果，被评为"自治区信息化破案能手"，纳入公安部刑事科学技术后备人才库。

## 心贴心服务老百姓

2017年5月，黄礼调任中山派出所所长。无论调到哪个岗位，他都坚持"服务跟着群众走"。派出所大力推行"智慧警务"，开展便民自助服务，群众可以自助办理签证、身份证等。

不仅如此，黄礼还创新实行"值班领导坐堂制"，规定所长和教导员在接警大厅坐堂轮值。黄礼说："一来可以监督民警，二来可以更加贴心地服务老百姓。"

当年6月，65岁的刘女士来到派出所，要求证明"我母亲是我母亲"。之前，她多次在北京、南宁和深圳之间来回跑，已经筋疲力尽。这次，刘女士还是无法提供佐证资料。户籍民警在户口簿和系统里，找不到相关信息，无法开具证明。

按理，派出所做到这一步，已经尽力了。但黄礼不这么认为，他说："我们具备查询信息条件，应该主动提供帮助。"

看到刘女士急得团团转，正在坐堂轮值的黄礼赶紧把她请进值班室。他安慰说："阿姨别着急，我来想办法。您把户口本、身份证复印给我，我帮您多留意。"

大海捞针。经过一个月努力，黄礼和同事排查出刘女士母亲打过官司的线索，并在法院档案库找到有效证据。母女证明开出来了，刘女士感动得热泪盈眶……

群众心里有杆秤。中山派出所推出"值班领导坐堂制"等一系列便民服务，得到群众一致称赞。

黄礼到学校给小学生讲解安全知识

# 廉洁从警呵护荣誉

作为所长，黄礼手上握有相当的权力。但他说："权力是人民赋予的，要全心全意服务人民。"

2017年底，一名醉汉打砸汽车被辖区民警带走。嫌疑人的亲友来求情，黄礼反问："你认为我怎么做，才能让百姓信服？"最终，嫌疑人被依法处理。

在"熟人社会"里，黄礼始终保持清醒头脑，

黄礼（右一）在指导治安志愿者开展安全防范

始终绷紧法纪这根弦。今年6月，一位朋友请黄礼默许他搞网络赌博。黄礼直截了当地说："你做违法的事，我照样查。"

黄礼还把朋友请到所里，请他参观派出所荣誉长廊。他自豪地介绍，这是"全国公安机关爱民模范集体"牌匾，那是"争创20年无违纪违法先进所队"匾牌。黄礼诚恳地说："这是一代代民警的优良传承，我怎么能砸牌子！"

自身硬，队伍硬。今年以来，黄礼以自治区纪委通报的反面案例开展警示教育，警醒全所民警要廉洁从警、勤政爱民。

"传承勤廉、一心为民"，刻在黄礼心里。2017年，他被评为全国优秀人民警察，受到习近平总书记亲切会见。他铭记总书记提出的"对党忠诚、服务人民、执法公正、纪律严明"总要求，并以此永远激励自己。

（来源：2018年12月28日，人民网—广西频道，贝为超）

# "为了维护劳动者的合法权益"

## ——记北海市劳动保障监察支队支队长黄伟杰

"一切为了维护劳动者的合法权益"。凭着对工作的执着和热爱，北海市劳动保障监察支队长黄伟杰把为人民服务的情怀落实到每一件工作中，"亮剑"劳动违法案件，维护劳动者权益。2012年至今，他带领团队处理劳资纠纷案件1135件，为18430名劳动者追发被拖欠的工资逾1.8亿元。

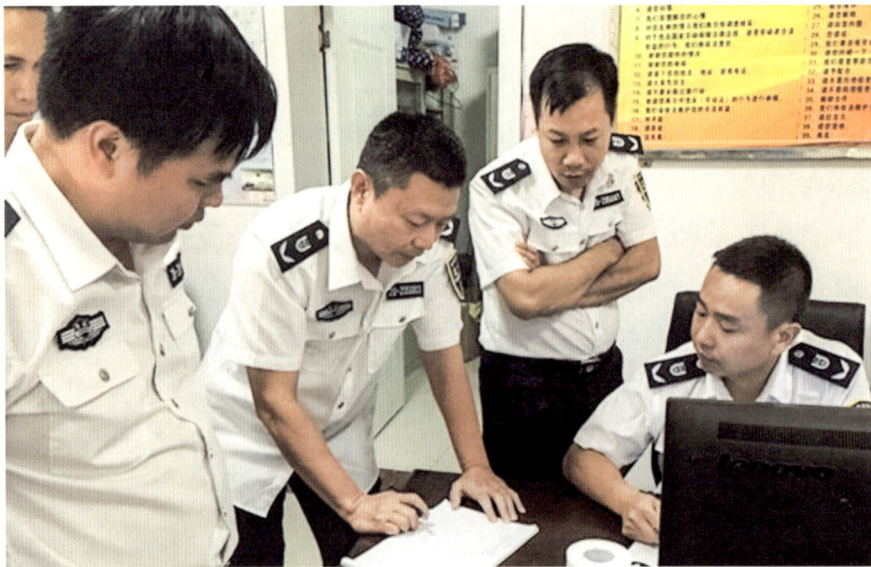

黄伟杰（左二）与办案骨干研究农民工欠薪案件查办技巧

黄伟杰（右一）正在协调处理农民工劳资纠纷案件

2015年3月的一天，19名外来务工人员怒气冲冲地来到支队投诉，说包工头周某雇请他们在北海某房地产项目做建筑工，拖欠20多万元工资后，周某便不知所终。

"请相信我，我们会依法办理，尽快为你们讨到属于你们的工钱。"黄伟杰立案后迅速展开调查，组织承包企业、劳务企业、农民工三方做询问笔录、提取承包合同和工程款支付凭证等证据，充分宣传法律法规，引导工人们和劳务公司、承包企业达成了解决方案。很快，工人们拿到了应得的劳动报酬，"老赖"包工头周某也被逮捕归案并受到法律的制裁。

每年的春节、中秋节日是万家团聚的时候，也是外来务工人员讨薪集中爆发的时期，无论是寒风瑟瑟，还是烈日当空，黄伟杰的身影经常会出现在北海市大大小小的建筑工地。2012年以来，他带队共处理农民工劳资纠纷案件778件，为16574名农民工追发被拖欠的工资逾1.67亿元。

黄伟杰发现，虽然每年他们都拼尽全力为建筑农民工追发被拖欠的工资，却仍然存在"年年清，年年欠"的现象。通过分析研究，他终于锁定了问题根源，即建筑行业的违法分包行为。

从2012年开始，黄伟杰不断探索开拓，创立了一套处理建筑农民工欠薪案件的工作模式：紧密联合住建、公安、维稳等部门，形成强大合力，责令和督促欠薪的用人单位承担起法律责任，快速结算和支付所欠工资。运用这一工作模式，北海市成功处理了多件农民工欠薪案件。

如今，北海市劳动保障监察支队在处理建筑领域农民工欠薪方面走在了广西前列。2016年和2017年，自治区举办全区各地市劳动保障监察机构负责人培训班、劳动保障监察办案骨干能力提升培训班和监察员资格培训班，黄伟杰都受邀传授办案经验。

工作中，黄伟杰严格要求自己和支队办案人员，制定了主办监察员办案制度、接待接访规范制度、"两网化"管理制度等，严格依法依规办案，恪守职业道德底线，并签订廉政承诺书，严禁接受任何办案单位和相关人员的吃请和财物。

2017年2月，几位讨薪成功的工人商量着要感谢黄伟杰。他们凑了钱，用信封装好，派人送进黄伟杰的办公室。黄伟杰赶紧婉言谢绝，并真诚地说："为你们追工资是我们的本职工作。你们的心意我领了，快把钱拿回去。"

以制度管人，以自己树立标杆，黄伟杰带出了一支纪律严明、能打硬仗的劳动保障监察队伍，不断为社会的和谐做贡献。

（来源：2018年12月28日，人民网—广西频道，李明鲜、王春楠）

# 耿耿丹心卫忠诚

## ——记河池市纪委副书记、市监委副主任黄振林

"不管案情多复杂，无论他有什么背景，只要事关百姓利益，就要查，而且要严查！"

"压力我来扛，你们大胆干！"

"严管就是厚爱。纪检监察干部要抓早抓小、治病救人，让纪律带电、监督长牙。"

……

黄振林（右一）现场接受群众来访，倾听群众诉求

河池市纪委副书记、市监委副主任黄振林是这样说的，更是这样做的。

多年来，黄振林用长年累月的加班加点、严谨细致的工作作风、认真负责的敬业精神，组织查办案件数百件，查处处级领导干部数十人，为国家挽回经济损失数千万元。

黄振林（中）深入瑶族移民搬迁户了解扶贫政策落实情况

## 忠诚——只要自身过得硬、腰板挺得直，
## 就没有办不了的案

作为分管查办案件的市纪委副书记，常常处于矛盾的风口浪尖。压力、阻力，甚至恐吓威胁不期而至。抗不住，案子就办不下去。

黄振林说："邪不压正。只要自身过得硬、腰板挺得直，就没有办不了的案。"

巴马瑶族自治县委原副书记邓某，在任职期间多次被举报利用职务便利谋取利益。但由于举报问题线索笼统、含糊，河池市启动两次联合调查，都因拿不到证据，作信访了结处置。

被调整到市直部门任副职后，心怀不满的邓某，竟然多次"上访"，

黄振林（前右二）到河池市环江毛南族自治县大才乡检查指导扶贫领域腐败和作风问题专项治理工作

找到市委领导，埋怨组织看不起、亏待她；又闹到市纪委，要求出具廉政鉴定，不然就拿出不廉洁的证据来。

2014年3月，黄振林受命对针对邓某的举报进行再调查再核实。有人提醒："她后台硬、能量大，你要小心点。"有人施压："振林呀，她前两次都'安全过关'，你要想一想、掂量下！"

"我倒要看看，是党纪国法硬，还是她的后台硬！"黄振林说，"查不出问题，决不收兵。"

经过两个多月的细致调查，他带领调查组，找到案件关键突破口，成功将邓某收受贿赂、贪污公款等违纪违法问题一举查清。胆敢"向组织要官、向纪委示威"的邓某，受到了党纪国法的严惩。

## 干净——案件的事莫问，求情的话莫讲，以权谋私的事莫提

查办案件时，说情风、关系网，常会迎面而来。抛不开，惩治腐恶就无从谈起。黄振林说："干纪委的活，就是自身硬、自身正！"

在查办市民政局系列案时，一名老领导打来电话，请他对一名当事人"手下留情"。"老领导，您对我工作很支持，我会记一辈子。但我只有依纪执纪的责任，没有徇私枉法的权力。您这个要求，恕我办不到。"黄振林坦诚相告。最终，该当事人被判刑5年。

一起案件涉及黄振林老家。涉事者找来他本家一位阿叔上门说情求放过。黄振林不为所动："不是侄儿没能耐，不是侄儿不帮忙，只因为我是一名纪检干部，如果这次给阿叔您走了后门，以后我如何去监督其他人呢？"被驳了面子的阿叔，好几年没理黄振林。

正人先正己，无私方无畏。黄振林给亲友定了一条"三莫"铁律：案件的事莫问，求情的话莫讲，以权谋私的事莫提。

## 担当——既不放过一个贪腐者，
## 也不冤枉一个干事者

随着国家监察体制改革的深入实施，纪法衔接、法法衔接，对纪检监察干部提出了新任务、新要求。跟不上，就不能更好地履职尽责。黄振林说："要动起来、学起来，做新时代纪检监察业务的行家里手。"

他带头逐项逐条研学监察法，并力求学以致用。2018年5月，他带领专案组，着手查处河池城区城西征地拆迁系列腐败窝案。从5月8日对相关人员进行立案并采取留置措施，至7月13日移送检察机关的66天里，他和同事在执纪审查调查中，充分运用谈话、查询、询问、讯问、搜查、调取、扣押等调查措施，走访群众158人，收集证据材料500多份，制作谈话、询问、讯问笔录228份，制作案件调查文书206份，形成案卷115宗，共计16000多页。最终，留置相关涉案人员9人，移送5人。

"既不放过一个贪腐者，也不冤枉一个干事者。"近年来，黄振林坚持为担当者担当、为负责者负责，共为17名党员干部澄清事实，让他们放下包袱、轻装上阵，奋发有为干事创业。

"全面从严治党永远在路上，纪检监察机关责任重于泰山。我们的工作，不是'整人'，而是帮助干部、教育干部、挽救干部，切实当好党纪国法'守护者'、政治生态'护林员'。"黄振林说。

一身正气，清清白白做人；秉公执纪，干干净净做事。黄振林不断用忠诚、干净、担当，诠释着一名纪检监察干部的耿耿丹心。

(来源：2018年12月28日，人民网——广西频道，谢振华)

# 架起民族"连心桥"

## ——记南宁市西乡塘区中华中路社区党委书记谢华娟

**开栏语** 自治区纪委机关、自治区党委组织部、自治区党委宣传部联合在全区开展 2018 年广西勤廉榜样选树宣传活动，评选出了 30 名广西勤廉先进个人。今日起，本报开设"广西勤廉榜样风采"专栏，对广西勤廉先进个人进行集中宣传，弘扬主旋律，传播正能量，积极营造崇尚清廉、向上向善、争创一流的良好氛围。敬请关注。

　　勤政廉政筑起"民族团结之家"——这是南宁市西乡塘区中华中路社区党委书记谢华娟的人生底色。2006 年以来，她带领社区积极践行中华民族共同体意识，把小区建成了"全国民族团结进步创建活动示范社区"。

　　"谢大姐，我们参加社区活动的照片你有吗？我想转给家里人。"12 月 4 日清早，在谢华娟赶往办公室的路上，租住在社区的买买提·阿布拉迎上来。她热情回应："好啊！我发给你，让新疆家人高兴高兴。"

　　中华中路社区聚居着汉、壮、回、维吾尔等 19 个民族同胞，少数民族人口占三成。谢华娟克服语言障碍，帮他们联系工作、找出租房、调解矛盾，小区居民关系逐渐融洽起来。

　　工作中，谢华娟发现，不少摩擦是语言障碍引起的。她联系大学生志愿者开办培训班，免费教普通话。没多久，少数民族住户大都会讲日常用的普通话了。本地居民见到他们，也会热情打招呼。

发展是解决问题的"金钥匙"。谢华娟到处收集信息，帮助少数民族居民就业。她邀请职校老师开设技能培训班，让他们学习营销、烹饪等技能。后来，接受培训的买吐送·玉送做起了买卖，成为葡萄干批发商。

2017年，"新疆馕饼"摊主阿布都克比尔还不会用微信收款，一单生意眼看就要泡汤。路过的谢华娟赶紧上前帮忙，教会他收款，又帮打印出收款二维码，让阿布都克比尔感激不已。

"新疆兄弟能参加吗?"社区"壮族三月三"等活动让少数民族兄弟很感兴趣，谢华娟不仅热情接纳他们参加活动，还筹集资金组织举办"古尔邦节""开斋节"等少数民族节日活动。回族姑娘马萍动情地说:"我到过很多地方，感觉南宁最温暖。"

"社区是政府服务群众的第一站，如果我们不勤奋、不干净，又怎么能把各民族群众的心连在一起呢?"谢华娟常这样说。一次，谢华娟成功调解矛盾后，当事人送给她一块玉佩，被她婉言谢绝。2017年11月，谢华娟生病住院。不少居民自发带红包、礼品探望，也被她要求如数带回。

头雁效应带动风清气正。2002年以来，社区干部没有一人发生违纪违法现象，社区各民族居民亲如一家。

（来源:2018年12月24日，《广西日报》，记者王春楠，通讯员贝为超）

# 手术刀尖上的"战士"

## ——记广西医科大学第一附属医院心胸外科主任郑宝石

如果把医生比作和死神战斗的士兵，心胸外科医生就是特种兵。"患者健健康康地走出医院，是我最大的心愿。"从医26年来，广西医科大学第一附属医院心胸外科主任郑宝石始终怀着对群众无私的真挚情感。

一年前，因主动脉瓣重度关闭不全及狭窄，80多岁的谢老伯被多家医院下达病危通知书。传统手术方式为正中开胸、体外循环，年迈体弱的老人显然难以承受。

刚深造回来的郑宝石提出，采用经心尖导管主动脉瓣置入术。这种全新的手术理念，在广西没有实践先例。

经过一个月精心准备，手术开始了。郑宝石带领团队，在不使患者心脏跳动停止的情况下，只用了不到40分钟顺利完成手术，让老人恢复了健康，也填补了广西在该领域的空白。

敢为人先，是"战士"本色。在郑宝石的带领下，广西医科大一附院成功完成6例经心尖导管主动脉瓣置入手术，居华南地区之首。郑宝石潜心研究先进技术，主持广西自然科学基金项目4项，获国家级科技进步奖1项，省部级科技进步奖3项。

性命相托，这是患者对医生的信任。郑宝石十分珍惜群众信任，一次次搀扶着患者成功走过生命的"独木桥"。

几年前，灵山县一位妇女领着患严重先心病的7岁儿子慕名找到郑宝石。孩子只有单心室，生命十分脆弱，必须接受高难度的改良房坦心脏手术。

"好！我们共同搏一搏！"郑宝石在医院党委支持下，勇敢担当，承接下这台手术。他带领团队奋战了10个小时，给孩子带来了新生。后来，孩子母亲高兴地向他报喜："我儿子恢复得很好，还参加学校长跑比赛了。"

"医无德者，不堪为医"，是郑宝石的座右铭。有一年，一位心脏病患者在手术前，其家属给郑宝石送来了红包。郑宝石不仅婉拒了红包，在了解到病人家庭十分困难后，反而为患者发起了募捐。当收到捐款时，患者忍不住哭了："没想到，医生不仅不收红包，还给我捐钱。"

"人民群众的认可，就是最大的'红包'。"在郑宝石的示范引领下，整个科室同志廉洁从医，坚决抵制药品回扣、医疗器械采购潜规则，科室里挂满了患者送来的锦旗。

（来源：2018年12月25日，《广西日报》，记者王春楠，通讯员李明鲜）

# 耿耿丹心卫忠诚

## ——记河池市纪委副书记、市监委副主任黄振林

"不管多复杂，只要事关百姓利益，就要查，而且要严查！"

"压力我来扛，你们大胆干！"

"不得罪这些腐败分子，就有愧'纪检监察干部'这个身份！"

……

这一句句令腐败分子闻之胆寒的铿锵话语，出自河池市纪委副书记、市监委副主任黄振林之口。

多年来，黄振林用长年累月的加班加点、严谨细致的工作作风、认真负责的敬业精神，组织查办案件数百件，查处处级领导干部数十人，为国家挽回经济损失数千万元。

巴马瑶族自治县委原副书记邓某，在任职期间多次被举报利用职务便利谋取利益。2014年3月，黄振林受命带领调查组，拨开层层迷雾、冲破重重障碍，成功查清邓某收受贿赂、贪污公款等违纪违法问题，让其受到党纪国法的严惩。

查办案件时，说情风、关系网，常会迎面而来。黄振林说："干纪委的活，就是唱黑脸，哪能怕得罪人？！"

在查办河池市民政局系列案时，一名多年来关心、培养他的老领导打来电话，请他对当事人手下留情。"我只有依纪执纪的责任，没有徇私枉法的权力。您这个要求，恕我办不到。"黄振林坦诚相告。最终，该当事

人被判刑5年。

正人先正己，无私方无畏。黄振林给亲友定了一条"三莫"铁律：案件的事莫问，求情的话莫讲，以权谋私的事莫提。讲原则、认死理、一根筋，成了黄振林的标签。

随着国家监察体制改革的深入实施，黄振林带头逐项逐条研学监察法，并力求学以致用，成为新时代纪检监察业务的行家里手。

今年5月，他带领专案组，着手查处河池城区城西征地拆迁系列腐败窝案。66天的办案时间里，他和同事在执纪审查调查中，充分运用谈话、查询、询问、讯问、搜查、调取、扣押等调查措施，走访群众158人，收集证据材料500多份，制作谈话、询问、讯问、笔录228份，制作案件调查文书206份，形成案卷115宗，共计16000多页。最终，留置相关涉案人员9人，移送5人。

一身正气，清清白白做人；秉公执纪，干干净净做事。黄振林不断用忠诚、干净、担当，诠释着一名纪检监察干部的耿耿丹心。

（来源：2018年12月26日，《广西日报》，记者王春楠，通讯员谢振华）

# 弘扬医德　敬业行善

## ——记贺州市人民医院耳鼻咽喉头颈外科主任医师邓碧凡

"对患者负责，就是对生命负责。"他就是跪地手术的"网红"医生——贺州市人民医院院长助理、耳鼻咽喉头颈外科主任医师邓碧凡。

20多年来，邓碧凡兢兢业业奋战在医疗事业一线，用实际行动践行着一名共产党员的庄严承诺和白衣天使的光荣理想。

2017年3月15日，一名72岁的老人在吃鸡肉时，不小心被鸡骨头卡到，随即被送往医院救治。为方便操作，邓碧凡跪在地上手术，足足跪了45分钟，成功将异物取出，让老人转危为安。

这并不是邓碧凡第一次采用跪姿为病人做手术，对于他而言，做手术时采用什么姿势并不重要，重要的是使用什么方法对病人更有利。看着他被汗水湿透了衣衫的背影，病人家属纷纷感慨："这是最让我们放心的背影。"

多年来，邓碧凡坚持"科技兴医"。他设计出一次性取出体内异物的器械，于2018年4月获得国家专利，是贺州市卫计系统荣获国家发明专利第一人。他带领科室开展的巨大颈部肿物切除手术、小切口甲状腺手术、高清显微镜下嗓音修复手术等多项新技术，达到国内先进水平。

学医先学德。邓碧凡带领全科医务人员不断加强党风及行风建设，遵守医德规范，捍卫医德尊严。科室打造起贺州市第一间儿童病房，建立起耳鼻咽喉头颈外科医患微信群，并多次开展义诊活动，得到患者及家属一

广西勤廉榜样先进事迹新闻宣传报道集

致好评。

邓碧凡坚持廉洁自律，筑牢道德防线。2016年除夕之夜，邓碧凡连夜成功抢救一名气管异物危重患儿后，家属将500元红包强行塞给他。邓碧凡当场拒绝，说："治病救人是我们医务人员的职责。"可家属放下红包就走。无奈之下，邓碧凡只好让护士长将红包打入患者的住院费。当发票交到患者家属的手中时，家属感激涕零。

邓碧凡用实际行动赢得了群众的信任和认可，先后荣获"全国卫生计生系统先进工作者"、全国第二届"白求恩式好医生"、"中国好医生"等荣誉称号。

（来源：2018年12月27日，《广西日报》，记者王春楠，通讯员李明鲜）

# 为了百姓"粮满仓"

## ——记灌阳县植物保护站农技推广研究员罗标

他热衷于研究水稻病虫害，矢志让百姓"粮满仓"；他从不接受农药经销商的"宣传费"，只为坦坦荡荡发展水稻种植。他就是一心一意守护百姓"饭碗"的灌阳县植物保护站农技推广研究员罗标。他所在团队荣获第九届"袁隆平农业科技奖"。

为了方便探索虫害发生规律，多年来，罗标在自己住房的楼顶上、阳台上种植了40多种农作物，把各种害虫带回家来接种或饲养，观察害虫的生活习性，研究防治方法，掌握了大量第一手资料。如今，他对全县水稻、水果、蔬菜等主要病虫害的发生情况与防治技术了如指掌。

为了推广频振式杀虫灯、掌握杀虫灯在晚上不同时段诱杀害虫的种类和效果，罗标带领3名同志到果场安装杀虫灯，每天夜里守着杀虫灯观察，定时换下装虫袋进行昆虫分类鉴定，为农产品绿色、无公害生产提供了有力的技术支撑。

灌阳镇徐源村农民黄荣珍种植了30亩梨子，以前，梨园每年受到病虫害影响，光农药成本就需1万多元，梨树产量还低，卖相也不好。这几年，在罗标的精心指导下，每年果园的农药成本降到6000元，梨子产量成倍增加，品质也不断提高。

近年来，罗标参加了灌阳县超级稻加再生稻1000亩高产攻关示范项目，不管刮风下雨，还是烈日当头，经常在基地忙碌。该示范项目2016

年创下了亩产1448.2公斤的高产纪录，2017年实现亩产量1561.55公斤，创世界高产纪录。

以前，灌阳县植保站会定期出病虫害预报信息，并推荐使用相应农药。一些农药经销商找上门来，表示愿意出"宣传费"，想为店铺信息做广告。每次罗标都会严词拒绝。2016年，有个老板想请他帮忙在灌阳租地种柑橘，承诺每亩给100元辛苦费。他对这名老板讲清气候风险和市场风险，谢绝参与租田事宜。

38年来，罗标与农作物为伴，同病虫害对抗，将对农技工作的深情融入灌阳广袤的土地。因为工作成绩突出，他先后获得"全国农作物病虫害防治先进个人""全国农业技术推广先进工作者"等荣誉称号。

（来源：2018年12月27日，《广西日报》，记者王春楠，通讯员贝为超）

# "为了维护劳动者的合法权益"

## ——记北海市劳动保障监察支队支队长黄伟杰

"一切为了维护劳动者的合法权益。"凭着满腔热忱和执着,北海市劳动保障监察支队长黄伟杰把为人民服务的情怀落实到工作实践中,"亮剑"劳动违法案件。2012年至今,他带领团队处理劳资纠纷案件1135件,为1.843万名劳动者追发被拖欠的工资逾1.8亿元。

记得2015年3月的一天,19名外来务工人员来到支队投诉,说包工头周某雇他们在北海某房地产项目做建筑工,拖欠20多万元工资后,周某不知所踪。

"我们会依法办理,尽快为你们讨回工钱。"黄伟杰立案后迅速展开调查,组织承包企业、劳务企业、农民工三方做询问笔录、提取承包合同和工程款支付凭证等证据,充分宣传法律法规,引导工人们和劳务公司、承包企业达成了解决方案。很快,工人们拿到应得的劳动报酬,"老赖"周某也被逮捕归案并受到法律的制裁。

每年春节、中秋节是万家团聚的时候,也是外来务工人员讨薪集中爆发的时期。此时,黄伟杰的身影经常会出现在北海市大大小小的建筑工地。他发现,虽然每年都拼尽全力为建筑农民工追发被拖欠的工资,却仍然存在"年年清,年年欠"的现象。通过分析研究,他终于锁定了问题根源,即建筑行业的违法分包行为。

从2012年开始,黄伟杰不断探索开拓,创立了一套处理建筑农民工欠薪案件的工作模式：紧密联合住建、公安、维稳等部门，形成强大合力，责令和督促欠薪的用人单位承担起法律责任，快速结算和支付所欠工资。运用这一工作模式，北海市成功处理了多件农民工欠薪案件。

2017年2月，几位讨薪成功的工人商量着要感谢黄伟杰。他们凑了钱，派人送进黄伟杰的办公室。黄伟杰赶紧婉言谢绝："为你们追工资是我们的本职工作。你们的心意我领了，快把钱拿回去。"

在平时工作中，黄伟杰不仅严于律己，同时还严格要求支队办案人员，带出了一支纪律严明、能打硬仗的劳动保障监察队伍。

（来源：2018年12月28日，《广西日报》，记者王春楠，通讯员李明鲜）

# 创新为民　传承勤廉

## ——记南宁市公安局中山派出所所长黄礼

今年9月，南宁市桃源路某大院停车场一片汪洋、水位猛涨，群众将这个情形拍照上传到辖区中山派出所微信警务室。该派出所所长黄礼迅速组织力量紧急施救，数十辆汽车保住了。

黄礼就是这个微信警务室的创始人。2017年，这一创新在全国公安改革创新大赛获铜奖，并在全区公安机关全面推广应用。

无论做社区民警、刑事警察，还是任派出所所长，黄礼都与时俱进，创新为民；坚守底线，传承勤廉，彰显一名人民警察的本色。

橘子郡小区居民至今记得，2016年，时任腰塘派出所社区民警黄礼"直播"破案场景。当时，居民在微信警务室报称自行车被盗，黄礼迅速查看相关监控录像，将嫌疑人影像截图上传微信警务室。很快，群众在小区附近发现可疑人物，嫌疑人被顺利抓获。

"厉害了！"群众纷纷点赞。

2013年，黄礼把社区警务工作植入"互联网+"，创建"黄礼微信警务室"，邀请居民、物业、保安等入群，形成"线上+线下"，包括微宣传、微服务、微调解、微调度、微破案"五微工作法"，搭建了群防群治、共建平安新载体。公安部督查专员李国和赞誉道："这个小创新，解决了困扰社区警务工作的大难题。"

2017年5月，黄礼调任中山派出所所长。他坚持"服务跟着群众

广西勤廉榜样先进事迹新闻宣传报道集

走"，大力推行"智慧警务"，创新实行值班领导坐堂制，规定所长和教导员在接警大厅坐堂轮值。

当年6月，65岁的刘女士来到派出所，要求证明"我妈是我妈"，可户籍民警在户口簿和系统里，找不到相关信息，无法开具证明。

看到刘女士急得团团转，黄礼没有放弃。经过1个月努力，黄礼和同事排查出刘女士母亲打过官司的线索，并在法院档案库找到有效证据。母女证明开出来了，刘女士感动得热泪盈眶。

作为执法者，黄礼始终保持清醒头脑，绷紧法纪这根弦。今年6月，一位朋友请黄礼默许他搞网络赌博，被他严词拒绝。

自身硬，队伍硬。2017年，黄礼被评为全国优秀人民警察。今年以来，他多次以自治区纪委通报的反面案例开展警示教育，时刻警醒全所民警要廉洁从警、勤政爱民。

（来源：2018年12月28日，《广西日报》，记者王春楠，通讯员贝为超）

# "电网工匠"勇争先

## ——记南方电网广西来宾供电局继保自动化专责甘振忠

　　"简单的事情重复做，重复的事情认真做。"这是南方电网广西来宾供电局继保自动化专责甘振忠工作的真实写照。在以他名字命名的工作室里，有40多个研究成果，获得国家专利6项，软件著作权2项。

　　继电保护，就好比是个外科医生：当一个人患阑尾炎时，医生会建议将阑尾切割掉，以保证病人整体健康。而继电保护人员会给不同种类的继电器设定一个个标准值，运行中的设备出现问题时，这些继电器就将影响电网安全运行的设备从整体结构中脱离出来，保证整体的稳定运行。

　　2015年，甘振忠开始负责继电保护工作。他经过反复推敲，提炼出了"填、核、测、断、档、拆、记、封"八字诀。使用"八字诀"以来，甘振忠和班组在近2000次二次作业中，从未发生过一次事件，保护正确动作率连年实现100%。2016年，"八字诀"斩获南方电网公司金点奖大赛铜奖。

　　面对急难险重任务，甘振忠积极发挥党员先锋模范作用。2015年6月，一个雷雨交加的夜晚，他突然接到一条信息："220千伏欧村站欧铝线自动保护装置出现故障，需要紧急处理！"这是广西首个二级电网风险，而这条线路又是为银海铝供电的重要线路。如果停电时间长了，银海铝的炉子就会凝结，将造成上亿元的经济损失。

　　必须与时间赛跑！甘振忠和同事打着手电筒，在漆黑的夜里冒雨排查了十几段，查看了300多个端子，终于发现是监控灯烧毁短路导致开关跳闸。当恢复正常送电时，众人已冒雨连续奋战6个小时。近年来，甘振忠带领班组共完成32条重大及以上缺陷消缺工作，承担完成急难险重任务56项，消除、化解各类风险118次。

"知法于心，守法于行。"这是甘振忠奉行的信条。有一次，在进行一个变电工程验收的时候，施工单位想私下塞红包给他，被他当场拒绝："如果我收了红包，验收打折扣，电网带'病'运行，谁都承担不起后果。"多年来，甘振忠在负责和组织80多个技改修理项目和70多个新改扩建项目的验收工作中，从未利用职权或工作便利谋取私利，有力维护了企业的形象。

（来源：2018年12月29日，《广西日报》，记者王春楠，通讯员李明鲜）

# 基层扶贫实干家

## ——记灵山县佛子镇元眼村原第一书记方宗福

"戴着眼镜、瘦瘦弱弱，但干事风风火火、精明干练。"这就是方宗福给贫困村群众的印象。两年时间里，作为灵山县委组织部派驻佛子镇元眼村原第一书记，方宗福跑熟了全村6个自然村77户贫困户，与群众谈生产、谈发展，为村子找项目、拉赞助等，最终助推贫困村脱贫摘帽并进入富裕村行列。

实干，是方宗福开展工作的真实写照。"如果不是方书记一心扑在村子里，我们村变化没这么快。"元眼村的群众纷纷说。

为鼓励元眼村象田坝贫困户马仲英发展产业，方宗福为其量身定制"稻谷种植+禾花鱼养殖"项目，还请来技术人员进行一对一养殖技术指导。丰收后，马仲英高兴地说："稻谷和禾花鱼都得钱，政府还给产业奖补，这下脱贫有希望了。"

2016年前的元眼村，路是坑坑洼洼的水泥路，桥是濒临坍塌的危桥，沿江的土地均是一片荒芜。两年多来，在方宗福的协调努力下，元眼村先后落实项目33个、整合资金1330多万元推进基础设施建设，全村的生产生活条件发生了明显改善，村容村貌焕然一新，被自治区评为"美丽村屯"。

完善基础设施，还需发展壮大村级集体经济。方宗福带领元眼村走出一条发展租赁、乡村旅游和光伏发电产业的多元化发展道路。全村争取扶

广西勤廉榜样先进事迹新闻宣传报道集

贫资金40万元，建成钦州市第一家村级集体经济光伏发电站；投入自治区扶持发展村集体经济项目资金100万元，建设花海、烧烤场等旅游设施……元眼村村级集体经济收入从2015年前不足万元，增加到2017年的16.43万元，2016年摘掉贫困村的帽子。

忠诚、干净、担当，是新时代党员干部的标尺。2016年5月，在筹备建设元眼村文体中心时，一名建筑老板找到方宗福，希望能承建这个中心，并表示可以先垫资，事成后有回扣。方宗福当场严词拒绝。

从严律己的同时，方宗福还坚持把廉政建设摆在支部班子思想政治教育的重要位置，每季度为党员上一次廉政党课，增强支部班子防腐拒变的定力。在2016—2017年，元眼村连续两年被评为自治区"五星级党组织"称号。

（来源：2018年12月29日，《广西日报》，记者王春楠，通讯员廖添慧）

# "芒果医者" 有仁心
## ——记田东县芒果试验站站长陆弟敏

　　百色芒果，香飘全国。百色芒果的生长，离不开一批技术专家的"保驾护航"。田东县芒果试验站站长、水果技术推广站副站长陆弟敏就是其中一员。他扎根基层几十年，引导群众成立55家芒果合作社，带动上万人脱贫。

　　陆弟敏是个"技术迷"，一碰到芒果技术上的问题，就特别痴迷。芒果开花和结果的季节往往是寒暑交替时期，他就常常顶着严寒或酷暑，翻山越岭开展科研工作。

　　田东县林逢镇林驮村是芒果种植的老牌村，2010年，作为芒果专家智囊团成员之一的陆弟敏，着手在村里调整种植结构，引进桂七、台农等多个品种进行推广。

　　一开始，当地果农并不买账："如果换了新品种，一旦不成功，我白白耽误了几年时间，怎么办呢？"陆弟敏带着果农到外地参观学习，办培训班传授技术，几个月都待在村里的果园，跟果农一起干活。经过7年多的努力，林驮村形成了早、中、晚熟多品种的芒果多元化种植结构，带动村民每年人均增收8000元以上。

　　长年累月与果农打交道，让陆弟敏名声在外。只要在种植芒果过程中遇到什么难题，果农们都会第一时间跑到县水果技术推广站找他，有时候甚至直接把他请到果园，现场"把脉开方"。

"我来自农村，要服务农民。"近年来，陆弟敏带领的田东县芒果试验站坚持把产业扶贫作为脱贫攻坚的核心举措来抓。如今，田东县芒果种植面积扩大到32.15万亩，优良品种覆盖率达93%，年产量达19万吨，产值约11.5亿元。芒果产业辐射带动28个贫困村，占全县贫困村总数的52.83%。芒果成了田东人脱贫致富奔小康的"黄金果"。

　　近年来，随着乡村振兴战略的进一步实施，田东县涌现出一批批农旅融合的芒果企业和庄园，陆弟敏全程参与设计和规划，做好技术配套服务工作。作为当地首屈一指的高级农艺师，有企业想用他的资质挂名，但陆弟敏坚决拒绝挂名牟利。

　　农业是多灾领域，陆弟敏多次参与灾情定损理赔勘测工作。每次他都坚持原则，在金钱和利益面前保持定力、守住底线，为广大干部群众树立了务实清廉的良好形象。

　　（来源：2019年1月2日，《广西日报》，记者王春楠，通讯员李明鲜）

# 勤勉廉洁写忠诚

## ——记宜州监狱政治处主任陈上强

作为我区监狱系统的一名干部，宜州监狱政治处主任陈上强积极参与到脱贫攻坚第一线，结对帮扶贫困户，扶贫济困解民忧。

2015年，全国脱贫攻坚战冲锋号吹响。时任柳城监狱后勤保障中心教导员的陈上强主动请缨，奔赴融安县桥板乡良老村，成为该村驻村第一书记，加入到了桂西北脱贫攻坚的战线上。

良老村地处偏僻、交通闭塞，是脱贫攻坚难啃的"硬骨头"。短短一个月时间，陈上强走遍了良老村13个屯、599户，最终确定了173户贫困户、676名贫困人口，提前完成精准识别工作。

每到汛期，陈上强就很揪心，因为有的贫困户房屋太简陋，存在坍塌危险。一遇到连续暴雨，他就会冒着危险上门，一遍遍动员贫困户临时转移。

2015年11月12日，暴雨突袭，一户贫困户的危房果然坍塌了，幸好人员早已转移到安全地带。随后，陈上强积极帮助贫困户申请低保，并为他们申请危房改造资金修建新房。

要想富，先修路。为了帮助良老村修好坑坑洼洼的村道，陈上强四处奔走，先后争取到1000万元扶贫修路款，修好了10个屯11.5公里的水泥路，屯级道路硬化率达到95%，大大改善和方便了村民的生产生活出行。同时，他还争取项目资金建起新的村委办公楼，建成了村民服务中心、农

广西勤廉榜样先进事迹新闻宣传报道集

民文化广场、村民健身场所等，为学校更换了新课桌。

为了强化扶贫的"造血"功能，陈上强走访当地一些种植滑皮金橘和罗汉果的农户，深入市场调研，发现良老村很适合种植滑皮金橘和罗汉果。他到处筹措资金，并请来专家举办培训班，组织村民和示范户交流经验技术。到2017年，良老村已经种植滑皮金橘420亩、罗汉果1000多亩，还成立了丰果蔬种植专业合作社，不少贫困户因此脱贫致富。

由于历史原因，当地林地权属纠纷较多。陈上强利用自己多年的执法工作经验，在平时走村入户时开展法制宣传，驻村以来成功调处了5宗矛盾纠纷，维护了村里的和谐稳定。因此，村民们亲切地叫他"维稳书记"。

"扶贫款是救命钱，是高压线，要用在刀刃上。"在扶贫过程中，陈上强争取到各项帮扶资金1230多万元。在资金使用上，他认真制定扶贫资金项目使用计划，报上级备案，专款专用，有效消除了扶贫廉政风险。

（来源：2019年1月2日，《广西日报》，记者王春楠，通讯员谢振华）

# 30处伤痕记录英雄本色

## ——记梧州市公安局反盗抢机动车大队副大队长唐耀华

"作为一名人民警察、共产党员，一生要交三份答卷，一份交给社会，让群众有依靠，平时看得到、关键时刻站得出、危难关头豁得出；一份交给自己，当回首往事时不因碌碌无为而羞愧；还有一份交给党，为党旗增光添彩。"这是梧州市公安局刑事侦查支队反盗抢机动车大队副大队长唐耀华的宣言。多年来，他凭着自己高超的刑侦技能，屡破奇案。

2015年8月，唐耀华被调到长洲公安分局新成立的合成作战室工作。他通过实践总结提炼出一套信息追逃法，多次在实战中发挥功效。

2015年11月8日，外地客商吴女士在梧州被盗一批物品，损失总价值2万多元。长洲公安分局合成作战室在唐耀华的带领下，通过技术手段倒查疑犯踪迹，很快发现嫌疑人的身影，随即前往伏击守候。当天晚上，唐耀华和同事在一栋居民楼楼道处找到嫌疑人的作案助力车，并蹲点守候。4小时后，一名前来取车的可疑男子被警方控制。经查，该男子正是盗窃吴女士财物的嫌疑人李某。

在唐耀华的身上，有咬伤、撞伤、摔伤等大大小小30多处伤疤，每一道伤痕都是和犯罪分子惊心动魄较量的记录。其中，最惊险的一次发生在2016年4月17日。

当日，正在参与侦破辖区一起命案、已连续工作10多个小时的唐耀华接到任务，对多起入室盗窃案的疑犯覃某实施抓捕。在抓捕过程中，覃某伪称自己有艾滋病并暴力拒捕，咬伤了唐耀华的左小腿。唐耀华顾不上处理鲜血直流的伤口，忍着剧痛制伏覃某后，才赶往医院检测医治。

唐耀华时刻牢记一名共产党员就是一面旗帜的教导，严格遵守中央八项规定和公安部五条禁令，始终保持共产党员的政治本色。

"做刑警，是我一生的追求。我多一份努力，社会就多一份平安和谐。"多年来，唐耀华共参与破获各类案件1000多起，抓获犯罪嫌疑人900多人，先后被荣记个人三等功4次、嘉奖2次，并荣获"全国优秀人民警察""全国公安优秀刑警"等称号。

（来源：2019年1月3日，《广西日报》，记者王春楠，通讯员朱晓华）

# 把党的声音传递到千家万户

## ——记广西日报传媒集团报刊发行中心主任助理陆金莲

她曾担任某国企团委书记、车间工会主席，后因企业破产下岗，到新闻单位从基层报刊发行员做起，兢兢业业奉献。无论身份如何转换、职业如何变化，她始终以一名共产党员的标准要求自己，满怀对工作和群众的热忱。她，就是广西日报传媒集团报刊发行中心主任助理陆金莲。

自 1999 年进入广西日报社发行中心成为一名一线发行员后，陆金莲每天凌晨 3 时起床，把报纸一份份送到订户家门口的报箱，随后又沿街叫卖，直到下午下班，工作几乎全年无休，但她做得快乐又充实。

2015 年起，陆金莲担任发行中心主任助理兼任发行网络建设部经理。在一些重大报道时期，她主动加班加点。在党的十九大召开期间，陆金莲每天从凌晨 3 时忙到深夜，除了跟踪报纸印刷情况，安排运报车辆，还全程运送当日的《广西日报》前往机场，确保报纸及时送到身在北京的广西代表团手中。

为了提高报纸影响力，近年来，广西日报社联合部分窗口部门开展了"早报帮办"和"大篷车"进社区活动，为社区群众提供各类现场服务。每次活动，陆金莲和同事们都积极配合，提前到现场布摊点、设展架、做宣传，把活动搞得有声有色。

在陆金莲等的共同努力下，《广西日报》连续十几年发行量年年攀升，2016 年至 2018 年连续三年打破发行历史纪录，《南国早报》始终稳居全区都市类报纸市场占有率第一位。

自身进步的同时，陆金莲始终没有忘记帮助身边的同事。2014年，经她牵线搭桥，发行中心与广西科技大学达成合作，组织发行站长和发行员们利用业余时间学习进修，先后有20多人获得大专文凭。

陆金莲分管报刊订阅和发行工作，每年经手数千万元的报款和票据，她始终廉洁自律，做到资金账目清楚明晰、分毫不差。她还帮助财务部门认真核对排查发行站上交的票据手续，对一线发行员在订报、零售过程中出现的疏漏进行及时纠正，对弄虚作假行为绝不姑息迁就，帮助报社挽回了近十万元的损失。

（来源：2019年1月3日，《广西日报》，记者王春楠，通讯员高忠庆）

# 百炼成钢"铣工王"

## ——记柳州五菱柳机动力有限公司技能专家丘柳滨

"我不仅是在制作工件，更是把它当成一件艺术品，努力做到极致。"柳州五菱柳机动力有限公司修动车间机加工2组组长丘柳滨，从事车间生产基层工作21年来，用勤奋和创新练就不凡绝技，赢得了"铣工大王"的美誉。

2007年5月，柳机对设备进行更新换代，第一台数控铣床来到丘柳滨的车间，面对"形如天书"的代码编程，操纵着这台大机器可谓牵一发即动全身，当时公司内没人会使用。钻研铣工技术多年的丘柳滨迎难而上，一头扎进对新机器的运行操作研究中，一本《数控机床编程与操作》被他翻到书页卷起。遇到不明白的，他先仔细琢磨，再回技术学校请教老师，最后终于"制服"了这台大机器。

"再苦再累都没关系，只要能在岗位上做些贡献，我就满足了。"凭着这股韧劲，丘柳滨把铣床、加工中心、滚齿机、插床和刨床等多种技能玩得"溜溜转"，成为一专多能、精专合一的多面手，多次在国家级技能大赛中获奖，先后被授予"五一劳动奖章""全国技术能手"和全国"青年岗位能手""知识型职工优秀个人"等荣誉称号。

2010年，企业成立了以丘柳滨名字命名的国家级劳模创新工作室，为解决工艺难题提供人才保障。近年来，他带领团队总结创造的"托盘快速切换机型工装机构项目""活塞分装线拉直改善项目"等项目成果，为公司节能降耗约1963万元。

2017年，"丘柳滨技能大师工作室"获批为国家级技能大师工作室，一大批公司优秀人才积极参加各项技能攻关创新、职业技能比赛等活动。据不完全统计，其中有影响力的技术攻关与创新活动就有26项，每年降低工时约800小时、经济效益降本约250万元。

丘柳滨始终恪守"实实在在做事、清清白白做人"的人生格言。他严守公司章程，对技术协议和技术合同严格把关。在生产用具采购中，面对供应商的宴请、送礼，他守得住清廉、抵得住诱惑，在平凡的岗位上书写出别样精彩。

（来源：2019年1月4日，《广西日报》，记者王春楠，通讯员李明鲜）

# 破解"地球密码"　建功地质勘查

——记广西二七二地质队副队长兼总工程师翁敦贤

南宁吴圩机场T2航站楼、高近400米的广西最高楼、南宁轨道交通工程、粤桂合作特别试验区……在这些引人注目的国家、自治区重点项目建设中，工程前期地质勘查的顺利完成，跟一个可以解读"地球密码"的人有关——自治区二七二地质队副队长兼总工程师翁敦贤。

1997年大学毕业后，翁敦贤一直从事地质灾害治理、找水打井、岩土工程等专业技术工作。在广西"十二五"农村饮水安全找水打井项目工程中，他带领一支找水打井劲旅，共完成了120个缺水村屯的水文地质调查，出水成井110口，圆了5万多名群众的安全饮水梦。

2007、2008年，翁敦贤受命奔赴安哥拉共和国，担任23万套安居家园公房岩土工程勘察技术协作项目总工程师。其间，他克服语言、饮食、气候等方面的重重困难，高效完成工作任务，用精湛的技术展现了中国专家的风采。

2016年，翁敦贤带队承担了广西有史以来最大矿山环境恢复治理项目。该项目矿区经过多年的开采，已经千疮百孔，造成严重的地质灾害隐患、水污染以及土地损毁等生态破坏问题。"这个矿山一定要快点治理好，当地的群众才能早日摆脱生态破坏带来的困扰。"翁敦贤迎难而上，带领技术团队加班加点，攻坚克难。白天，他与一线员工在矿区实地踏勘，扛钻杆、搭钻机；夜里，他或审核报告，或与技术人员讨论内业资料。通过努力，矿山逐渐恢复往日青葱，成为保护地质遗迹的人与自然和谐共生的矿山地质环境治理示范工程。

为了让当地群众能尽快脱贫致富，在完成矿区环境恢复治理项目的同时，地质队还尽力协助地方政府，推进实施贫困山区村民搬迁工程，以实际行动助力脱贫攻坚工作。

"老老实实做人，清清白白做事。"翁敦贤自觉做到遵纪守法，还经常提醒亲人和员工讲纪律、守规矩。他在单位发起了技术资料内部审核电子化审查方式，减少了纸张、墨水等打印耗材的使用，为单位节约了成本，减少了资源浪费。

（来源：2019年1月7日，《广西日报》，记者王春楠，通讯员高忠庆）

# 癌症打不倒他　金钱砸不倒他

## ——记崇左市中级人民法院法警支队警务科科长黄肖

带队提押看管人犯3635名，参与执行案件1835余次，协助执行超过2000次，送达法律文书500余件，执行拘传、拘留100多人，查没违禁物品93件……从警20年来，崇左市中级人民法院法警支队警务科科长黄肖勤勤恳恳、兢兢业业，成就了自己职业生涯的"光辉岁月"。

在日常执勤中，黄肖经常会遇到情绪激动的当事人。2013年9月17日，褚某抢劫、故意杀人一案在崇左中院公开审理。庭审结束后，情绪失控的被害人家属突然冲向被告人褚某，欲施以拳脚。正在巡庭的黄肖立刻冲上前，用身体隔开双方。最终，褚某安全还押，黄肖自己却被误伤得青一块、紫一块。他说："身为法警，遇到突发情况，保护庭审和法官安全是义不容辞的职责和使命！"

工欲善其事，必先利其器。黄肖深知良好的警务技能和过硬的体能素质对履行法警职责的重要性。无论是法警集中训练还是每周例行训练，他总是严格要求自己，努力提高警务技能，多次参加全区法院司法警察业务技能大比武，荣获全区法院司法警察业务技能比武一等奖、全区法院司法警察岗位大练兵活动"训练标兵"等奖项。

2012年，黄肖不幸身患肺癌，在治病期间，全家经济一度窘迫。在这种情况下，他依然以一名共产党员的情操，自觉抵制诱惑和"围猎"。一名老板请他帮催债，许诺给予可观的费用，被他断然拒绝。有人请他帮疏通法官关系、打点执行工作人员、打探审判案情，也被他严词拒绝。

幸运的是，黄肖的手术获得了成功。经过休养，他又回到了心爱的法警岗位上，继续用忠诚和敬业守护着法律天平。

（来源：2019年1月8日，《广西日报》，记者王春楠，通讯员朱晓华）

# 为儿童筑起健康屏障

## ——记广西疾病预防控制中心免疫规划所所长、党支部书记钟革

每一名儿童的健康，都关系着一个乃至多个家庭的幸福。

21年来，广西疾病预防控制中心免疫规划所所长、党支部书记钟革走遍了广西所有市、县（区）的500多个乡镇，了解全区各地适龄儿童的预防接种工作，查漏洞、找问题，防止传染病发生和流行，在为广西数百万适龄儿童筑起坚实防病屏障的工作中发挥了重要作用，与卫生健康战线的同志们一道为千千万万的家庭奠定了幸福基石。

广西属于亚热带地区，极易发生传染病疫情。钟革在全区建立了麻疹、风疹、乙脑、脊灰、流脑等传染病疫情监测系统，及时掌握全区相关传染病动态和处置各种公共卫生突发事件。其中，麻疹防控工作在全国独树一帜，从2004年起全区麻疹发病率连续低于全国平均水平。针对近两年来脊灰灭活疫苗短缺的问题，钟革制订了替代接种方案，使全区免疫规划工作顺畅发展。

钟革还积极探索工作新模式：2003年起，他创新实施免疫规划黄牌警告机制，得到国家肯定和推广；利用互联网科技，积极推进"互联网+预防接种"模式，目前已经在南宁、玉林、桂林、贵港、百色等地建成了167个数字化预防接种门诊，为建设健康广西持续保驾护航。他承担的科研项目获得自治区科技进步奖、中华预防医学会科学技术奖三等奖、广西社会科学优秀成果奖等荣誉。

在钟革和全区免疫规划人员的不懈努力下，广西的免疫规划疫苗已经由 2002 年以前的 6 种增加到现在的 14 种，预防的疾病由 7 种增加到 15 种。每年为适龄儿童提供 1800 万剂次的疫苗接种，全区适龄儿童接种率超过了国家规定的 90% 以上的指标要求。

（来源：2019 年 1 月 9 日，《广西日报》，记者王春楠，通讯员李明鲜）

# 从事新闻宣传22载　不拿报道对象一分钱

## ——记贵港市港南区委宣传部副部长梁宇

2018年6月中旬，贵港市港南区捧回了2017年度广西日报社授予的"新闻报道甲等奖"牌匾，该区连续8年获此殊荣。港南区委宣传部副部长、区新闻中心主任梁宇也连续第8次获得"广西日报优秀通讯员"称号。专职从事新闻宣传工作22年来，梁宇始终坚持深入基层一线采访，采写了诸多正能量、重民生、接地气的新闻，唱响了当地经济社会发展的主旋律。

2006年7月至8月，港南区遭受4号热带风暴"碧丽斯"和6号台风"派比安"的袭击，梁宇主动请缨到险情最重的抗洪一线现场采访。他每天跟着救援队到救援现场最前线，采写了10多篇新闻在各级媒体播发，大大鼓舞了港南区干部群众抗洪抢险、生产自救的热情和斗志。

笔耕不倦怠，硕果满枝头。20多年来，梁宇累计有2200多篇（条）新闻在全国30多家媒体刊播，并策划执行电视专题76个，协调主流媒体开展重大采访活动38次。他本人也连年被相关媒体评为优秀通讯员，多篇作品获得国家和自治区级奖项。

除了在本职工作方面兢兢业业，梁宇还积极担当起社会责任，热心社会公益。20多年来，他对桥圩镇南兴村大兴村屯贫困村民梁鲁定点扶持，累计为梁鲁捐款捐物9200元，垫支医疗费2.3万元，还多方协调为梁鲁申请获得了享受残疾人"两项补贴"，使其日常生活和长期护理照料得到基本保障。

为了改善家乡的交通条件，丰富群众的文体生活，改变落后的村容村貌，梁宇除了带头捐款外，还协调争取上级项目资金及爱心人士捐款近200万元支持家乡大村屯公益建设，协助桥圩镇政府策划、组织举办20多场大型篮球赛，让乡村节日氛围更健康欢乐。桥圩镇因此荣获"全国群众体育活动先进乡镇"称号。

"以廉为先，做好表率。"梁宇始终杜绝有偿新闻和虚假新闻，筑起廉洁自律的思想防线，拒绝报道对象的吃请以及送特产、辛苦费等。"梁宇经常到我们企业采访，每次看到他一事一事地问，一字一字地记，那么辛苦劳累，我们很想挽留他吃顿热饭，每次都被他婉言谢绝。"说起梁宇，贵港市亨利来羽绒制品有限公司董事长陈绍平由衷叹服。

（来源：2019年1月10日，《广西日报》，记者王春楠，通讯员李明鲜）

# 赤脚进屯入户　赤诚带民致富

## ——记恭城瑶族自治县门等村党支部书记苏开德

　　无论进屯入户访贫问苦，还是田间地头服务群众，他都喜欢打赤脚。这就是恭城瑶族自治县门等村党支部书记、自治区优秀党务工作者，72岁的苏开德的独有风格。

　　担任村支书32年来，苏开德迈开呼呼生风的双脚，带领全村走在建设幸福宜居生态新农村的大道上。

　　苏开德刚担任村支书时，村里经济发展缓慢。他决心带着村干部和种植能手，闯出一条新的发展道路，在他的带领下，全村因地制宜改良柿子品种，大力发展月柿产业。如今，全村月柿标准化种植面积超过2000亩。仅月柿收入，村民年人均增收近1.2万元。

　　思路决定出路。苏开德又有发展新思路——在加大月柿种植和加工的基础上，不断完善股利分配模式，以村民合作社为总社，下设专业合作社，有序进行土地流转。2016年以来，门等村通过土地流转方式建立了3个种植示范基地，还建起竹鼠养殖场和规模养鱼场，开启了农户、养殖场、果园、生态乡村建设"四赢"发展模式。

　　"一个村能不能搞乡村旅游，关键是要看有没有自己的特色。"近年来，苏开德结合门等村依山傍水、建筑古色古香的实际，带领乡亲们摸索出了一条既传承当地文脉与建筑风格，又融入污水垃圾处理、沼气循环利用等现代技术的新农村建设新路。

广西勤廉榜样先进事迹新闻宣传报道集

在上级党委的支持下，苏开德和当地基层干部一起，挨家挨户做群众思想工作。他还无偿拿出了自己的土地建设村里的旅游公厕，带动发展乡村旅游。现在，村子成为远近闻名的旅游村、民俗村，为全国欠发达地区改善农村人居工作打造了"望得见山，看得见水，记得住乡愁"的范本。

苏开德满腔热情带领全村奔小康，群众打心眼里感激他。2014年，有一个贫困户按照规定获得危房改造指标，利用危改补助款建起了新房。他悄悄地把2000元现金送到苏开德家里。苏开德当时就发了火："快拿回去，要不我就上交镇纪委了！"

"人家是两袖清风，'赤脚书记'是两脚清风。"村里群众说。苏开德不但带头廉洁，还进一步完善村规民约，倡导文明清风。他每次当选村支书都庄严承诺："我这个支书，要么不做，做就要堂堂正正地做！"

（来源：2019年1月11日，《广西日报》，记者王春楠，通讯员贝为超）

# 敢于挺纪亮剑 严于坚守底线

## ——记博白县纪委副书记、监委副主任庞群锋

"县扶贫办主任庞某以权谋私，插手扶贫工程项目。"2018年11月，博白县纪委监委接到群众举报，迅速展开核实，对庞某采取留置措施。县纪委副书记、监委副主任庞群锋指导专案组开展谈心谈话，成功突破了案件。

10多年来，庞群锋敢于挺纪亮剑、严于坚守底线，自觉践行忠诚干净担当。2017年，他任县纪委副书记、监察局局长期间，县纪委监察局被评为全国纪检监察系统先进集体。

博白县人口180多万，国家惠民资金补助每年达10亿元。2011年，该县决定开发大数据监督平台，全程监督惠民资金发放。庞群锋带领办案人员进村入户调研，找准监督的关键节点，研发出具有公开查询、自动甄别可疑资金等功能的民生资金大数据监督平台。平台运行以来，共监督民生资金85.4亿元，通过大数据比对分析发现低保、危房、水库移民后期扶持等资金隐藏的问题线索1241条，转立案483件，纪律处分483人。

多年来，庞群锋一直奋战在基层铁腕"拍蝇"。2011年，新田镇党委书记朱某、镇长秦某合谋侵吞资金30万元。两人虚开票据手段隐秘，线索非常有限。该案成了"硬骨头"。庞群锋另辟蹊径，直奔报账员住处。他找到一个纸箱，翻出一堆碎纸片耐心拼接，查到相关证据，成功突破了该案。2015年以来，博白县纪检监察机关立案1420件，其中由庞群锋主

办案件231件。

对违纪违法干部，庞群锋敢于亮剑；对被诬告和错告的干部，他也敢于维护。2018年4月，群众举报旺茂镇一村干部擅自出租水库破坏水利等问题。经核查，举报失实。庞群锋立即到该村召开会议澄清。该县2018年受理信访件255件，完成初核89件，已经查明澄清失实信访举报件74件。

庞群锋是"善禁者"，更"先禁其身"。一次，庞群锋带领专案组查处一名挪用公款的乡镇领导。被调查对象的妻子守在他所在小区门口守候求情。庞群锋下班回家，见状便掉头返回办公室。

庞群锋面对诱惑和侵蚀，从来没有动摇；多次被跟踪、包围、恐吓，从来没有退却。他说："自身正，才能过得硬！"


（来源：2019年1月14日，《广西日报》，记者王春楠，通讯员贝为超）

# 民族艺术传播者
## ——记广西民族文化艺术研究院副院长许晓明

走进许晓明的办公室，不禁被满屋的书籍所吸引。作为全国中文核心期刊《民族艺术》的主编、广西民族文化艺术研究院副院长，许晓明常说，在求学和为人方面，她要做一辈子的学生。

"书是人类进步的阶梯，这把阶梯必须依靠在大地上。"作为民族民间文化研究者和传播者，许晓明每年都要花上大量时间，深入偏远的少数民族聚居区进行调查。

有一次，她背着15公斤的背包走了十几小时的山路，深入田林县的偏远山村进行调研，一路艰辛，直至调研结束，她才发现一个脚指甲不知何时被石头撞伤脱落。对此，她泰然处之。

有付出才有收获。近年来，许晓明多次承担中国—东盟文化论坛、"壮族三月三"研讨会等重大文化活动的组织策划和实施工作，她还曾负责原文化部节日志"壮族三月三"课题，参与多个国家社科基金课题，出版《壮族歌圩》《布洛陀史诗》等一批合作专著，发表多篇民族文化艺术研究论文。

2014年9月，正在攻读博士学位的许晓明出任《民族艺术》主编。为了稳定稿源，她常常给作者写邮件沟通，直到深夜。《民族艺术》每年投稿量3000多篇，每期用稿约20篇30多万字。许晓明和编辑一起通读来稿，并在选稿后与作者商量修改。近两年，顺应国家文化发展战略，《民族艺术》开辟了《中华文化走出去》《工匠与工匠精神》《艺术与乡村建设》等新栏目，在学界获得较高评价。

作为一名双核心期刊和国家社科基金资助的期刊主编，许晓明难免会遇到一些诱惑，但她保持清正廉洁，坚持学术独立，严格按学术标准用稿，拒绝人情稿、关系稿。有一次，一名投稿作者从微信上发了6000元钱的红包给她，她不仅没有收取，还及时报告上级党组。在她的带动、影响下，《民族艺术》编辑部人人自律，这份刊物也被业内人士赞誉为"学术界的一股清流"。

（来源：2019年1月15日，《广西日报》，记者王春楠，通讯员李明鲜）

# 奋斗在异国他乡的"锅炉王"

## ——记广西建工集团第一安装有限公司泰国公司副经理黄文毕

他积极投身"一带一路"建设,奋斗在异国他乡。他践行工匠精神,成为行业内响当当的"锅炉王",先后荣获全国五一劳动奖章、全国劳动模范等荣誉称号。他就是广西建工集团第一安装有限公司泰国公司副经理黄文毕。

常言道"慢工出细活",但对黄文毕来说,"快工"照样可以"出细活"。他负责的机电安装,技术性强、质量要求高,但他反复琢磨攻关,改变锅炉钢架拼装历来采用自制整体钢结构的做法,利用锅炉钢架顶上平台横梁做平台,仅此一项就使每台锅炉节约安装成本7万多元。

小到一颗螺丝钉、大到一台锅炉以及整个糖厂,包括每一个零件、每一道工序、每一次组装……面对海外糖厂工程项目建设严格的工期及质量要求,黄文毕秉持大国工匠精神,每一次都精益求精。他参与建设的每个项目都刷新了泰国当地糖厂总承包工程建设速度记录。

2016年,黄文毕兼任新建的泰国叻武里糖厂项目党支部书记。因设备到货延期,前期工期耽误了4个多月,有泰国业主的资深顾问断言:"这个糖厂今年绝对不可能开榨!"黄文毕发挥海外项目党支部的战斗堡垒作用,以身作则、率先垂范,带领全体员工咬紧牙关高效施工。最终,糖厂按时开榨,完成了"不可能完成的任务"。

"要适应飞速发展的科技社会和项目施工要求,就要紧跟时代,加强学习。"从参加工作的第一天起，黄文毕刻苦钻研安装技术，不断提高自身综合素养。多年来，他参与和主持安装、技改各类工业锅炉60余台，不仅安装时间缩短三分之一，质量、工期也完全达到或超过设计和业主的要求，被誉为"锅炉王"。

作为泰国公司的领导，黄文毕认真履行"一岗双责"，规范采购流程，从不接受供应商宴请吃喝及收受好处，毅然拒绝外单位的高薪聘请，树立起"一个党员就是一面旗"的模范形象。他注重队伍建设，为公司培养了一批又一批觉悟高、有技术、敢管理，能适应海外EPC项目实施需要的综合性人才。

（来源：2019年1月18日，《广西日报》，记者王春楠，通讯员李明鲜）

# 从制造大师到"智造"大师

## ——记广西汽车集团装备制造首席专家郑志明

中国每生产10辆汽车,就有近1辆是"柳州制造"。作为广西汽车集团有限公司首席专家,郑志明21年来从未停止过对技术进步的追求。2014年至2018年,他带领团队完成工艺装备自主研制项目294项,为公司创造经济效益4000多万元。

"钳工技术要靠不断地练习、学习和思考才能不断进步。"做钳工时,郑志明手工划线钻孔能控制在0.05毫米以内,锉削平面可以控制在0.005毫米以内。他的车、铣、磨、线切割水平也相当了得。如今,大到机器人工作站,小到工装夹具,公司几乎每个生产环节都有郑志明的发明创造。

郑志明主导研发的前轴点焊专机2012年投入使用后,车间工人在加工前轴时不用再扛着50多公斤重的点焊钳来干活。2014年,以郑志明名字命名的国家级"技能大师工作室"正式挂牌成立。2015年,郑志明带领工作室成员完成CN180C副车架焊接整线设计制作工作。该项目的设备和工装直接为公司节省设备采购成本300万元,节约人工成本90万元。同时,新线投入生产后取消手工焊接工位,改善了焊接操作环境,工人的身体健康得到有效保护。

近年来,郑志明和他的团队走在广西汽车零部件机器人生产线自主研发的前列,硕果累累,不仅创造巨大的经济效益,还先后获得国家发明型和实用型专利各1项,多项成果获广西先进工艺装备及先进设备改造评比奖。

郑志明收了10多位徒弟，他把从老师傅那里学到的精湛技术和精益求精的匠心，毫无保留地传授给他们，勉励他们沉下心，积极开展技术革新、创新创造活动，为柳州"智造"贡献力量。

（来源：2019年1月21日，《广西日报》，记者王春楠，通讯员谢振华）

# 教学科研两相顾　学高为师身为范

## ——记广西大学电气工程学院博士生导师黎静华

　　她17岁考上大学，29岁获博士学位，32岁成为广西大学最年轻的博士生导师；她主持和参与了多项国家科学基金项目，多篇科研论文发表在国内外顶级期刊；她诲人不倦，被学生们亲切地称为"华姐"——她就是广西大学电气工程学院博士生导师黎静华。

　　在学院，黎静华对学生是出了名的严谨和认真。师从她的2016级研究生梁浚杰说，每一次提交论文，黎老师都会认真提出中肯的修改意见，"我有一篇论文足足改了30多遍才过关"。

　　在生活方面，黎静华对待学生们如同大姐姐般温暖细心。当学生遇到困难时，她会竭尽所能提供建议和帮助。每到中秋、端午等传统佳节，一些学生因路途遥远无法回家，黎静华经常邀请他们聚会，给他们带来家一样的温暖。

　　对科研的赤诚之心，激励着黎静华夜以继日地在学术上刻苦钻研。2014年，她申请到丹麦奥尔堡大学进行学术交流访问。每天清晨，天还未亮，她便准时前往实验室开展科研工作。"她是我见过最勤奋的中国姑娘！"这是奥尔堡大学的同事们对她的评价。

　　访学期间的刻苦钻研，令黎静华的科研水平有了质的提高。2016年底，她作为技术骨干参加科技部国家重点研发计划项目。截至目前，她主持或参与了国家科技重大专项、国家重点研发计划、国家自然科学基金等

10余项科研项目，获批国家发明专利15项、软件著作权4项，发表SCI、EI论文40余篇。

无论严寒酷暑、刮风下雨，黎静华每天都遵循"早七晚七"的作息规律，直至怀孕生产的前一天，她还在坚持科研和学习。2018年6月27日，刚刚出了月子的黎静华走进单位人事处，写下"我自愿放弃产假，从2018年7月开始返回单位上班"的字样，并迅速回到了她的工作岗位。

"象牙塔应该是纯洁的，谁都不能玷污它。"黎静华时刻谨记党员的优良传统，秉承克己奉公、勤俭节约的准则，严格管理项目经费。她说，科研经费是用来搞科研用的，如果不需要，那就归还国家，决不能做亏心事，让自己过上不安心的日子。

（来源：2019年1月22日，《广西日报》，记者王春楠，通讯员李明鲜）

# 国境线上的忠诚哨兵

## ——记那坡县天池国防民兵哨所原哨长凌尚前

冬日清晨，薄雾还未散尽，在海拔1000米的那坡县天池国防民兵哨所上，56岁的凌尚前整理好装备，走下108级台阶，又一次踏上边境巡逻路。38年来，他一直坚守在天池哨所，累计巡逻的路程超过了3次长征。他把根深深扎在了边关，唱响了一曲忠诚干净担当之歌。

1981年，刚满18岁的凌尚前来到天池哨所，担负着守护这里11块界碑和连接界碑的8公里国境线的巡逻警戒任务。每次巡逻，每走到一块界碑，他都仔细地检查擦拭，使界碑保持清晰、干净、锃亮，不让周围的树枝、草丛覆盖过来。

界碑大都立在密林深处，巡边小路是凌尚前和哨员一脚一脚踩出来的。走在崎岖难行的山路上，他们除了要面对摔下悬崖的危险，还要防止蚊叮虫咬。有一次带队巡逻，凌尚前左手被草丛中的毒蛇咬伤，昏迷了一天，醒来后他第一句话就问："巡逻到界碑没有？"从此，凌尚前左手无名指再也无法正常弯曲，留下了终身残疾。

捍卫国家尊严，他寸土不让。2013年，某邻国在修便道时，越过我方0.5米。凌尚前立即拍照取证向上级汇报，最终对方回填越界部分。38年来，他妥善处置边情百余起，上报边情信息2000多条。

哨所管辖的8公里边防线上，有各种边境小道10条。从20世纪90年代初开始，常有不法分子利用各种手段，想方设法腐蚀诱惑凌尚前，可他始终抵制诱惑，廉洁守边。

2016年8月，一名老板到凌尚前家，塞过来一个胀鼓鼓的信封，想通过边境走私贩运越南木材，被他严厉回绝。在他的带领下，全哨所所有人都自觉抵制诱惑，79次协助查获走私案件，58次截堵盗伐盗猎不法分子。

"父亲站岗巡逻38年，患上了严重的风湿病、颈椎病，却始终坚守清贫、无怨无悔。"凌尚前的女儿凌船说，"长大后，我终于理解了他，因为国家利益高于一切！"

2017年11月，凌尚前从哨长的位置退了下来，但仍主动要求参与日常巡逻。摩挲着一张30多年前执勤时的老照片，他坚定地说："我还是哨所的一员，只要组织需要我，我会一直坚守下去！"

（来源：2019年1月23日，《广西日报》，记者王春楠，通讯员李明鲜）

# "水文人要像水一样清澈透亮"

## ——记桂林市水文水资源局站网监测科科长莫建英

"水文人以江河为伴，要像水一样清澈透亮，才有资格做其守护人。"从20岁到36岁，她先后在桂林水文站、桂林水文应急监测队、桂林市水文水资源局工作，始终坚守在水文一线，把最美好的青春年华奉献给江河，让人生价值在守望中升华。她就是桂林市水文水资源局站网监测科科长莫建英。

桂林水文站是珠江流域西江水系桂江的重要控制站，承担桂江上游漓江河段的水文监测任务，属国家重要水文站点。莫建英以满腔的热忱和强烈的责任心，奋战在水文测报一线，很快从一名普通技术员成为全区水文战线的技术骨干和能手。

水文站办公室和测流缆道房之间隔着一条100多米坑坑洼洼的泥巴路。2009年的一天，下起大雨，涨水太高，去缆道房的路变成一条小河，怀着身孕的莫建英和同事们划着小铁皮船去测流，结果不小心翻船落水。同事们都很担心莫建英的身体，她却口气轻松地说："洪水面前没有男女之分，我以后小心一点就是了。"

2017年全区水文测报一体化改革以来，莫建英肩负统筹全市水文应急驰援工作，担子更加重了。2017年6月底至7月初，受强降雨影响，桂林市出现了入汛以来最大范围的江河超警洪水，莫建英带领桂林水文应急监测队坚守几天几夜。他们顾不上吃饭睡觉，咬牙与洪水赛跑，实时传输出一组组水文数据，为防汛调度提供及时、准确的水文数据，保百姓平安，护城市安澜。

洪水退到警戒水位后，几天没怎么合眼的莫建英满脑子想着的不是好好睡一觉，而是抢抓时间组织开展洪痕刻画工作。直到完成全市各中心水文站洪痕刻画及测量工作方案后，她才算松下一口气。

莫建英心中不仅仅竖着水位尺，更树立着纪律戒尺。她负责管理桂林市历年水文资料，有些公司想拿到水文资料，走私人关系或者直接说明给"好处"，希望她能够开个"后门"。"水文资料是重要文献资料，有些还是国家秘密，如果你们真的需要，可以走正规程序办理获取。"每一次，莫建英都是态度坚决，严词拒绝。

（来源：2019年1月24日，《广西日报》，记者王春楠，通讯员李明鲜）

# 自己多辛苦　群众少跑路

## ——记防城港市行政审批局干部李利

　　群众带资料到审批窗口办事，难免缺这缺那，工作人员该怎么办理？防城港市行政审批局干部李利作出示范：创新推出"容缺受理"等便民服务，实现群众办事"最多跑一次"。

　　李利是安全质量审批科窗口的一名干部，负责特种设备、安全生产的行政许可发证业务。工作中，她看到不少群众因申报资料不全，常常要跑两三趟，便在单位支持下尝试推出"容缺受理"服务：办事群众材料不全时，窗口先收下合格材料，之后群众回去通过扫描传真、发邮箱等方式补充材料。

　　2015年初，李利积极学习区外组织机构代码证实时赋码经验并进行再创新，将"组织机构代码证核发"提速为即办件，实现了再提速，让群众申请办证立等可取。

　　此前，2013年底，她在政务大厅率先推出"受理和取证寄送服务"，即先由群众将申报材料邮寄到窗口，审批出证后，再由窗口将证书寄给群众。这一举措，实现了群众办证"零跑腿"。

　　李利的一系列工作创新，破解了窗口服务普遍性难题，在为群众减负、提高效率上取得突破。4年来，她办理"容缺受理"3000多件、"取证寄送"820多件，办件提速率超过90%。

　　近年来，广西北部湾经济区开放开发风生水起，许多重大项目落户防城港。为服务好项目建设，李利2014年推出"减材料、提速度、网络预审、延时间、约时间"绿色服务，对当年度需要多次到窗口办事的企业，通用材料只收取一次。

"窗口高效服务，为企业发展赢得先机。"广西某公司特种设备管理人员林国胜说。有一次，他联系李利，希望快审快批。李利马上提供"减、提、延"服务，现场审批、现场发证，让该公司提前1个月投入运营。

李利在窗口工作中为群众提供高效、优质、贴心服务，赢得百姓心。有写表扬信的，有请吃饭请旅游的，有送礼品礼金的，但她严格要求自己，从不违规收受好处。

有一次，某企业一名经理刚从窗口领走证书，出到大门口就给李利打电话："我带了土特产想送您，您的车在哪？我放到车后备厢。""我的电动车没有后备厢，您拿回去吧。"李利回答。就这样，她巧妙又坚决地拒绝了对方，坚守住廉洁底线。

（来源：2019年1月25日，《广西日报》，记者王春楠，通讯员贝为超）

# 把准审计标尺　守护国家利益

## ——记玉林市政府投资审计办公室主任陈进

他用精湛技能把准审计标尺，用廉洁从政校准人生标尺，在平凡岗位上精心守护国家利益，让国家资金在投资建设项目中发挥最大效益。他就是玉林市政府投资审计办公室主任陈进。

政府投资审计是依法对政府全额投资和以政府投资为主的建设项目的预算执行情况及决算进行审计监督。自2008年进入这个专业性极强的领域后，陈进迅速成为独当一面的审计干部，先后参与59个审计项目，审计金额50多亿元。

质量是审计工作的生命线。陈进坚持科学先行、效率优先，攻克测量方法的缺陷，消除主观因素，确保审计质量。

2013年11月，陈进审计某假山塑石项目时碰到难题。每块塑石形状不规则，人工拉皮尺丈量时存在主观因素，这样将造成大量结果的误差。

陈进另辟蹊径，把应用于产品设计、军事等领域的三维激光扫描技术引入审计领域。他带领同事在假山的前后左右及顶部等方位摆站测量，实现全覆盖扫描；运用扫描数据建立三维模型，快速准确计算出假山塑石表面积。最终核减工程量2500多平方米，核减率38.6%。

创新无止境。2018年，陈进采用地质雷达实现对隐蔽钢筋的抽检，利用钻机实现了对埋深达3米的片石回填厚度抽检，有效解决深层隐蔽工程后期难以核实的问题，为审计装上了"火眼金睛"。

政府投资建设项目审计是审计机关的重中之重，涉及建设单位多，资金额度大。陈进顶得住压力，拉得下情面，抗得住诱惑。10年来，陈进共核减工程造价2亿多元。这触动了某些人利益，招致不少威胁恐吓。

同事陈曼至今记得2009年的一天，陈进对某项目2000多万元进行结算审计，挤掉了造价"水分"。施工老板威胁陈进："我要找人把你扔进江里。"

当天晚上，陈曼和同事担心陈进的安危，不断打电话找他，但电话没人接。第二天大家赶到单位，看到陈进坐在办公室，都松了一口气。陈进说："工作该怎么干还怎么干。"

10年来，陈进坚持依法审计，对违法违规问题彻查到底、倒逼整改，移送案件近20件，一批单位和个人受到处理，促进了制度不断完善。

（来源：2019年1月28日，《广西日报》，记者王春楠，通讯员贝为超）

# 心底无私　茶香世界

## ——记苍梧县六堡镇山坪村党支部书记祝雪兰

心底无私天地宽。她把祖传六堡茶制作工艺无偿传授给群众，让六堡茶走向世界；她一身正气打造"以茶话廉"教育平台清风茶社，带领乡亲实现瑶乡致富梦。

她就是全国人大代表、苍梧县六堡镇山坪村党支部书记祝雪兰。

六堡茶核心产地在苍梧县六堡镇，制作工艺被列入第四批国家级非物质文化遗产代表性项目名录，非遗传承人祝雪兰有祖传六堡茶制作工艺。

"大家都来推动，六堡茶发展道路更宽广。"2013年，祝雪兰创建了茶园讲堂，向乡亲们无偿传授"三炒三揉"等制茶诀窍，逐步推广种茶制茶技术。本地六堡茶企业和外地茶商慕名前来取经，她也热情传授。

在祝雪兰的带领下，全村走上致富路。去年全村人均年收入7000多元，其中4000多元来自种茶制茶。在山坪村辐射带动下，六堡镇扩种六堡茶2万多亩，产量增加近三成。

祝雪兰发现，游客对茶文化和瑶族文化特别感兴趣。她带领村"两委"谋划文旅结合发展新路子，在翠绿的茶山上建成风雨栈道和观光亭。村里还组建瑶族文化文艺队，举办了瑶族文化节。全村加紧打造瑶寨新形象，激活乡村旅游带动新一轮发展。

2016年初，祝雪兰争取到项目资金建设村公共服务中心。眼看大楼拔地而起，却有极少数不明就里的村民认为祝雪兰有私心并向上举报。上级党委、纪委指派镇纪委书记带领调查组核实。

　　清者自清。调查查明祝雪兰没有占用公家一分钱，举报她收受好处费纯属捏造。更让人肃然起敬的是，服务中心楼用地还是祝雪兰无偿捐赠的。纪检监察机关按照规定为她澄清事实。有人问她有没有觉得委屈？她爽快回答："党员干部就要经得起深查细究。"

　　（来源：2019年1月29日，《广西日报》，记者王春楠，通讯员贝为超）

# 国门城市"啄木鸟"

## ——记东兴市纪委监委党风政风监督室主任孙继光

在我国与东盟唯一海陆相连的城市东兴市，有一位纪检监察干部，像啄木鸟一样啄木除蠹，为"树"治病，护卫"森林"。他就是东兴市纪委监委党风政风监督室主任孙继光。

随着"一带一路"建设推进，东兴口岸日益繁忙。群众反映，有少数执法人员收"好处费"。2016年以来，东兴市深入开展边境口岸执法部门人员违规收取"好处费"问题集中整治专项行动。

工作中，孙继光经常带队开展政策宣传和思想教育，还重点在执法点集中的边民互市、码头设立举报信箱、张贴公告等，进一步拓宽群众举报渠道。2016年以来，东兴市边境口岸执法部门有8人主动退出违纪款88.05万元，按照规定获得从轻处理。

孙继光还牵头为全市577名科级干部建立廉政档案，摸清廉情底数，画准领导干部"画像"，让监督更精准，让国门更坚实。

孙继光查办案件，打招呼说情者有之，送钱送物者有之，威胁恐吓者有之……他都不为所动。他说："自身不正不硬，何以立信立威监督别人？"

2016年，孙继光查处某单位干部徐某擅自出国违纪案件。恰巧此时，徐某面临工作调动。更巧的是，徐某的妹妹就是孙继光的同事。

"受处分的话，哥哥就不能调动了。"同事知道利害关系，委婉地向孙

广西勤廉榜样先进事迹新闻宣传报道集

继光求情。孙继光语重心长："纪检干部可以讲人情，但不能徇私情啊。"最后，他还是按规定对徐某进行严肃处理。

孙继光的同学吴某是某单位领导，在主管部门授意下同意以"春节期间慰问职工"名义虚列支出、虚增费用1万多元，冲抵主管部门购买的慰问物资款项。2017年，吴某被立案审查。

"同学感情不可能靠徇私情来巩固。"孙继光顶着说情风，秉公执纪。最终，吴某受到党内警告处分。

（来源：2019年1月30日，《广西日报》，记者王春楠，通讯员贝为超）

# 邓碧凡：弘扬医德　敬业行善

不论春夏秋冬还是风雨交加，无数个夜晚，一个电话响起，就赶赴医院抢救……他就是跪地手术的"网红"医生——贺州市人民医院院长助理、耳鼻咽喉头颈外科主任医师邓碧凡。

20多年奋战在医疗事业一线的邓碧凡，对耳鼻咽喉头颈外科的各种疑难重症疾病有丰富的诊断和治疗经验，擅长各类中耳手术，鼻内镜鼻窦外科手术，鼻腔鼻窦肿瘤切除术，喉癌、下咽癌手术，各类颈部肿物切除术，鼾症手术等，其中小儿气管异物取出手术达国内先进水平。

2017年3月15日，在抢救一名被鸡骨头卡喉的72岁老人时，考虑到鸡骨头已经进入气管壁较深，为方便操作，邓碧凡便跪在地上手术，足足跪了45分钟，最终成功将异物取出，让老人转危为安。

对邓碧凡而言，做手术时采用什么姿势并不重要，重要的是使用什么方法对病人更有利。看着他被汗水湿透了青衫的背影，病人家属纷纷感慨："这是最让我们放心的背影。"

多年来，邓碧凡坚持"科技兴医"，他设计出一次性取出体内异物的器械，于2018年4月获得国家专利，是贺州市卫计系统荣获国家发明专利第一人。他带领科室开展的巨大颈部肿物切除手术、小切口甲状腺手术、高清显微镜下嗓音修复手术等多项新技术，达到国内先进水平。

邓碧凡坚持廉洁自律，筑牢道德防线。2016年除夕之夜，邓碧凡在连夜成功抢救一名气管异物危重患儿后，家属感激不尽，将500元红包塞给邓碧凡，邓碧凡婉拒："治病救人是我们医务人员的职责。"可家属放下红包就走。无奈之下，邓碧凡只好让护士长将红包打入患者的住院费。当发票交到患者家属的手中时，家属感激涕零。

邓碧凡用实际行动赢得了群众的信任和认可，先后荣获全国卫生计生系统先进工作者、第二届"白求恩式好医生""中国好医生"等荣誉称号，所在科室先后荣获"广西工人先锋号"、贺州市巾帼文明岗等荣誉。

（来源：2019年第1期，《当代广西》，记者周剑峰，通讯员李明鲜）

# 方宗福：基层扶贫实干家

在驻村的两年多时间里，他走遍了全村的田间地头，跑熟了全村6个自然村77户贫困户，与群众谈生产、聊家常、谈发展……他就是钦州市灵山县委组织部派驻该县佛子镇元眼村第一书记方宗福。

2016年前的元眼村，路是陈旧的水泥路、桥是濒临坍塌的危桥、沿江的土地均是一片荒芜……面对困难，方宗福不等不靠，两年来，在他的协调下，先后落实项目33个、整合资金1330多万元推进基础设施建设，使元眼村的生产生活条件明显改善，村容村貌焕然一新，并于2016年摘掉贫困村的帽子。

"1.2公里的村级水泥路、1座崭新的大桥、4.5公里三面光水渠、1幢村委公共文体中心、6个自然村及村委主干道186盏路灯、村委办公设施1批以及连通校区美化校园合二为一……"村党支部书记练祖营高兴地说，"这些项目的实施让大家非常满意，我们村还被自治区评为'美丽村屯'。"

马某英是元眼村象田坝自然村的贫困户，对村委为其量身制订的"稻谷种植+禾花鱼养殖"产业发展项目有顾虑。方宗福认真给其讲解该产业项目的优势，并请来技术人员对其进行一对一的养殖技术指导。稻谷和禾花鱼丰收后，马某英高兴地说："我家的水田用来种水稻和养禾花鱼，不仅能卖钱，还有产业奖补，一举两得。"

方宗福坚持干净做事，清廉为人。2016年5月，在筹备建设元眼村文体中心时，一名建筑老板找到方宗福，希望能承建这个中心，并表示可以先垫资，事成后有回扣。方宗福当场严词拒绝。从严律己的同时，方宗福还坚持把廉政建设摆在支部班子思想政治教育的重要位置，每季度为党员上一次廉政党课，增强支部班子防腐拒变的定力。

因工作成绩突出，方宗福先后被授予"广西五一劳动奖章""全国五一劳动奖章"，获评"美丽广西"乡村建设（扶贫）优秀第一书记。

（来源：2019年第1期，《当代广西》，记者周剑峰，通讯员廖添慧）

# 甘振忠："电网工匠"勇争先

"简单的事情重复做，重复的事情认真做。"这是南方电网广西来宾供电局继保自动化专责甘振忠工作的真实写照。在以他的名字命名的工作室里，有40多个研究成果，获得国家专利6项、软件著作权2项。

2015年甘振忠当上班长，开始负责继电保护工作。为解决安全隐患，甘振忠想方设法找寻"良方"：为研究不同接线情况下该如何开展安全管控，他曾把自己关在图纸室，花了一个星期时间翻遍图纸室500多盒上万份图纸；为找到最安全最规范的操作方法，他利用周末拜访了10多位继电保护的技能专家，总结收集他们多年来的良好作业习惯。最后，他总结提炼出了"填、核、测、断、档、拆、记、封"八字诀。使用"八字诀"以来，甘振忠和班组在近2000次二次作业中，从未发生过一次事故，保护正确动作率连年实现100%。2016年，"八字诀"斩获南方电网公司金点奖大赛铜奖。

除了创新，面对急难险重任务，甘振忠也勇当先锋。2015年6月一个雷雨交加的夜晚，他接到一条信息："220千伏欧村站欧铝线自动保护装置出现故障，需要紧急处理！"这是广西首个二级电网风险，而这条线路又是为银海铝供电的重要线路，如果停电时间长了，银海铝的炉子就会凝结，将造成上亿元的经济损失。必须马上解决！甘振忠和同事打着手电筒冒雨查看了300多个端子，冒雨奋战6个小时恢复了供电。

"知法于心，守法于行。"这是甘振忠的信条。有一次，在验收一个变电工程时，面对施工单位塞过来的红包，他当场拒绝："如果我收了红包，验收打折扣，电网带'病'运行，谁都承担不起后果。"多年来，甘振忠在负责和组织80多个技改修理项目和70多个新改扩建项目的验收工作中，从未利用职权或工作便利谋取私利。

（来源：2019年第1期，《当代广西》，记者周剑峰，通讯员李明鲜）

# 黄礼：创新为民　传承勤廉

去年9月，南宁市桃源路某大院停车场一片汪洋、水位猛涨，群众将这个情形拍照上传到辖区中山派出所微信警务室。该所所长黄礼迅速组织力量紧急施救，数十辆小汽车保住了。

黄礼就是这个微信警务室的创始人。2017年，这一创新举措在全国公安改革创新大赛中获铜奖，并在全区公安机关全面推广应用。

这只是黄礼的创新举措之一。2017年5月，黄礼调任中山派出所所长，在新的岗位上，他大力推行"智慧警务"，开展便民自助服务，群众可以自助办理签证、身份证等。

不仅如此，黄礼还创新实行"值班领导坐堂制"，规定所长和教导员在接警大厅坐堂轮值。黄礼说："一来可以监督民警，二来可以更加贴心地服务老百姓。"

当年6月，65岁的刘女士来到派出所，要求证明"我母亲是我母亲"。之前，她多次在北京、南宁和深圳之间奔波，已经筋疲力尽。然而这次，她还是无法提供佐证资料。户籍民警在户口簿和系统里找不到相关信息，无法开具证明。按理，派出所做到这一步，已经尽力了。但黄礼不这么认为，他说："我们具备查询信息条件，应该主动提供帮助。"看到刘女士急得团团转，正在坐堂轮值的黄礼赶紧把她请进值班室安慰道："阿姨别着急，我来想办法。您把户口本、身份证复印给我，我帮您多留意。"经过一个月努力，黄礼和同事排查出刘女士母亲打过官司的线索，并在法院档案库找到有效证据。母女证明开出来了，刘女士感动得热泪盈眶。

虽然与群众打成一片，但黄礼从不拿群众"一针一线"，始终绷紧法纪这根弦。去年6月，一个朋友请黄礼默许他搞网络赌博。黄礼直截了当地说："你做违法的事，我照样查。"黄礼还把该朋友请到所里参观荣誉长廊，自豪地介绍这是"全国公安机关爱民模范集体"牌匾，那是"争创20年无违纪违法先进所队"匾牌……

"传承勤廉，一心为民"刻在黄礼心里，2017年他被评为全国优秀人民警察，得到习近平总书记的亲切接见。

（来源：2019年第1期，《当代广西》，记者周剑峰，通讯员贝为超）

# 黄振林：耿耿丹心卫忠诚

"不管案情多复杂，无论他有什么背景，只要事关百姓利益，就要查，而且要严查！"

河池市纪委副书记、市监委副主任黄振林是这样说的，也是这么做的。巴马瑶族自治县委原副书记邓某，在任职期间多次被举报利用职务便利谋取利益。但由于举报问题线索笼统、含糊，河池市启动两次联合调查，都因拿不到证据，作信访了结处置。被调整到市直部门任副职后，心怀不满的邓某找到市委领导，埋怨组织看不起、亏待她；又闹到市纪委，要求出具廉政鉴定，不然就拿出不廉洁的证据来。

2014年3月，黄振林受命对针对邓某的举报进行再调查再核实。有人提醒："她后台硬、能量大，你要小心点。"有人施压："她前两次都'安全过关'，你要想一想、掂量掂量！"

"我倒要看看，是党纪国法硬，还是她的后台硬！"黄振林说，"查不出问题，决不收兵。"他带领调查组经过两个多月的细致调查，找到案件关键突破口，成功将邓某收受贿赂、贪污公款等违纪违法问题一举查清。

多年来，黄振林组织查办案件数百件，查处处级领导干部数十人，为国家挽回经济损失数千万元。

近年来，随着国家监察体制改革的深入实施，纪法衔接、法法衔接，对纪检监察干部提出了新任务、新要求，跟不上就不能更好地履职尽责。黄振林说："要动起来、学起来，做新时代纪检监察业务的行家里手。"他带头逐项逐条研学监察法，并力求学以致用。2018年5月，他带领专案组查处河池城区城西征地拆迁系列腐败窝案，制作案件调查文书206份，形成案卷115宗，共计16000多页，最终留置相关涉案人员9人，移送5人。

"既不放过一个贪腐者，也不冤枉一个干事者。"近年来，黄振林共为17名党员干部澄清事实，让他们放下包袱轻装上阵，奋发有为干事创业。

（来源：2019年第1期，《当代广西》，记者周剑峰，通讯员谢振华）

# 罗标：为了百姓"粮满仓"

"远看像个赶鸭子的，近看像个烧炭的，一问，原来是病虫测报站的。"在灌阳的田间地头，经常会看到一名皮肤黝黑、衣着朴实的男子，他就是桂林市灌阳县植物保护站农技推广研究员罗标。

多年来，罗标在自家楼顶和阳台种植了40多种农作物，全县所有的农作物品种都可以在这里找到。他经常把田间、果园、菜地的害虫带回家来接种或饲养，每天观察害虫的生活习性，研究防治方法，掌握了大量第一手资料。

虽然在农技推广一线奋战了38年，但罗标对新技术的推广仍然痴心不改。为了推广频振式杀虫灯、掌握杀虫灯在晚上不同时段诱杀害虫的种类和效果，罗标带领3位同志到果场安装杀虫灯，每天夜里守着杀虫灯观察，并准时换下装虫袋进行昆虫分类鉴定，为农产品绿色、无公害生产提供了有力的技术支撑。

2010—2017年，罗标参加了灌阳县超级稻加再生稻1000亩高产攻关示范项目，不管刮风下雨还是烈日当头，示范基地经常可以看到他忙碌的身影。2016年示范项目创下了亩产1448.2公斤的高产纪录，2017年实现亩总产量1561.55公斤，创世界高产纪录，袁隆平院士为这一成果欣然题词"灌阳再生稻甲全球"，罗标所在团队获得第九届"袁隆平农业科技奖"。

作为一名共产党员，罗标严守清正廉洁的纪律要求。以前，灌阳县植保站会定期出病虫害预报信息，并推荐使用相应农药。一些农药经销商找上门来，表示愿意出"宣传费"，想为店铺信息做广告，被罗标严词拒绝。2016年，有个老板想请他帮忙在灌阳租地种柑橘，承诺每亩给100元辛苦费，他对这名老板讲清气候风险和市场风险，谢绝参与租田事宜，守住了廉洁底线。

（来源：2019年第1期，《当代广西》，记者周剑峰，通讯员贝为超）

# 郑宝石：手术刀尖上的"战士"

"患者健健康康地走出医院，是我最大的心愿。"从医 26 年来，广西医科大学第一附属医院（以下简称"广西医科大一附院"）心胸外科主任郑宝石始终对群众怀着无私的真挚情感。

在手术刀的刀尖上，郑宝石像一名战士，挽回了无数患者的宝贵生命。

一年前，因主动脉瓣重度关闭不全及狭窄，80 多岁的谢老伯被多家医院下达病危通知书。传统手术方式为正中开胸、体外循环，年迈体弱的老人显然难以承受。刚深造回来的郑宝石提出，可采用经心尖导管主动脉瓣置入术，这种全新的手术理念在广西没有实践先例。他在患者胸口开个小孔，利用射线定位及 B 超引导，使用导管从心尖进入心脏，完成更换心脏瓣膜的手术。这例手术的成功填补了广西在该领域的空白。最让业界惊叹的是，整个手术过程在患者心脏跳动的情况下完成，只用了不到 40 分钟的时间。

在郑宝石带领下，广西医科大一附院已成功完成 6 例经心尖导管主动脉瓣置入手术，居华南地区之首。郑宝石潜心研究先进技术，主持广西自然科学基金项目 4 项，获国家级科技进步奖 1 项、省部级科技进步奖 3 项，培养硕士 15 名。

在廉洁从医的底线上，郑宝石也像战士一样捍卫着人民医院的"人民"含义。有一年所在科室收治一名心脏病患者，手术前家属硬给郑宝石塞红包，郑宝石婉拒了。当他了解到患者住院期间因家庭困难天天喝粥营养跟不上时，马上和同事商议为患者捐款。接过捐款，患者哭了："没想到医生还给我捐钱。"

在郑宝石的示范带领下，整个科室廉洁从医，坚决抵制药品回扣、医疗器械采购的潜规则，科室挂满了患者送来的锦旗。

（来源：2019年第1期，《当代广西》，记者周剑峰，通讯员李明鲜）

# 祝雪兰：带富瑶寨的"女汉子"

六堡茶是我国黑茶的佼佼者，核心产地就在苍梧县六堡镇，其制作工艺被列入第四批国家级非物质文化遗产代表性项目名录，非遗传承人祝雪兰掌握着祖传的六堡茶制作工艺。

"我要把六堡茶制作工艺传授给大家。"在2013年家庭会议上，祝雪兰说出了自己的打算。全家愣住了。儿子说："传家宝拱手让出去，我们家怎么办？""我是村支书，得考虑全村发展啊！"祝雪兰说。她开导全家："种茶制茶是条好路子，我们不把制作工艺传授给大家，全村人靠什么走出六堡大山？"全家人被祝雪兰感染了，最后都赞同她的想法。

祝雪兰创建了茶园讲堂，传授"三炒三揉"等制茶诀窍，逐步推广种茶制茶技术。村民黄雪清60多岁了，祝雪兰就上门传授技艺，还帮她销售茶叶。本地六堡茶企业和外地茶商慕名前来取经，祝雪兰也热情传授。她说："大家都来推动，六堡茶发展道路才能更宽广。"

抱团发展，做大做强。去年5月，祝雪兰注册了"雪兰云雾六堡茶"品牌。有了技术和品牌支撑，六堡茶价格逐年攀升。社前茶2013年每公斤300元，2018年提高到400～600元。2017年全村人均年收入7000多元，其中4000多元来自种茶制茶。在山坪村辐射带动下，六堡镇扩种六堡茶2万多亩，产量增加近3成。

在六堡茶名气的带动下，山坪村也越来越为外界所熟知。祝雪兰带领村"两委"开始谋划文旅结合的发展新路子。2017年，她争取到近千万元的项目扶持资金，抓紧打造瑶寨新形象，激活乡村旅游带动新一轮发展。

在祝雪兰的积极努力下，梧州市进一步挖掘、传承"茶船古道"文化，促进区域文化旅游合作。去年9月，2018年中国（梧州）六堡茶暨广西岭南风情文化旅游周开幕式在六堡茶文化展示馆举行，祝雪兰带领乡亲们向来自全世界的客人推介六堡茶，六堡茶走向世界的步伐越走越畅。

（来源：2019年第1期，《当代广西》，记者周剑峰，通讯员贝为超）

# 庞群锋：挺纪亮剑　严守底线

　　10多年来，庞群锋敢于挺纪亮剑、严于坚守底线，自觉践行忠诚干净担当。2017年，他任玉林市博白县纪委副书记、监察局局长期间，县纪委监察局被评为全国纪检监察系统先进集体。

　　博白县人口180多万，国家惠民资金补助每年达10亿元。2011年，该县决定开发大数据监督平台，全程监督惠民资金发放。庞群锋带领办案人员进村入户调研，找准监督的关键节点，研发出具有公开查询、自动甄别可疑资金等功能的民生资金大数据监督平台。平台运行以来，共监督民生资金85.4亿元，通过大数据比对分析发现低保、危房、水库移民后期扶持等资金隐藏的问题线索1241条，转立案483件，纪律处分483人。

　　多年来，庞群锋一直奋战在基层铁腕"拍蝇"。2011年，新田镇党委书记朱某、镇长秦某合谋侵吞资金30万元，两人虚开票据手段隐秘，线索非常有限，该案成了"硬骨头"。庞群锋另辟蹊径，直奔报账员住处。他找到一个纸箱，翻出一堆碎纸片耐心拼接，查到相关证据，成功突破了该案。2015年以来，博白县纪检监察机关立案1420件，其中由庞群锋主办案件231件。

　　对违纪违法干部，庞群锋敢于亮剑；对被诬告和错告的干部，他也敢于维护。2018年4月，群众举报旺茂镇一村干部擅自出租水库破坏水利等问题。经核查举报失实，庞群锋立即到该村召开会议澄清。

　　庞群锋是"善禁者"，更"先禁其身"。一次，庞群锋带领专案组查处一名挪用公款的乡镇领导。被调查对象的妻子守在他所住小区门口以期求情。庞群锋下班回家，见状便掉头返回办公室。10多年风雨历程，庞群锋抵挡住的各种诱惑不胜枚举，遭受到的威胁恐吓不计其数，但他对党忠诚、秉公执纪、为民执政的初心始终没变。他说："自身正，才能过得硬！"

（来源：2019年第1期，《当代广西》，记者周剑峰，通讯员贝为超）

# 苏开德："赤脚书记"带领乡村发展

"他一年中大多数时候都是打赤脚，是我们的'赤脚书记'。"桂林市恭城瑶族自治县门等村村民提起村党支部书记苏开德，都十分敬佩。今年72岁的苏开德担任村党支部书记32年来，他一双呼呼生风的大脚走遍村里的每个角落。在他的带领下，门等村蜕变成幸福宜居生态新农村。

苏开德刚担任村党支部书记时，村里经济发展缓慢，他就带着村干部和种植能手改良柿子品种，大力发展月柿产业。如今全村月柿标准化种植面积超过2000亩，村民年人均增收近1.2万元。随后，苏开德又不断完善股权分配模式，以村民合作社为总社，下设专业合作社，有序进行土地流转。2016年以来，门等村通过土地流转方式建立了3个种植示范基地。近年来，苏开德结合门等村依山傍水、建筑古色古香的实际，带领乡亲们摸索出了一条既传承当地文脉与建筑风格，又融入污水垃圾处理、沼气循环利用等现代技术的新农村建设新路。他还无偿拿出自己的土地建设旅游公厕，带动发展乡村旅游。如今门等村成了远近闻名的旅游村、民俗村，为全国欠发达地区改善农村人居环境打造了"望得见山，看得见水，记得住乡愁"的范本。

苏开德满腔热情带领全村奔小康，群众打心眼里感激他。2014年，有一名贫困户按照规定获得危房改造指标，利用危改补助款建起了新房。他悄悄地把2000元现金送到苏开德家里。苏开德当时就发了火："快拿回

广西勤廉榜样先进事迹新闻宣传报道集

去，要不我就上交镇纪委了！"

"人家是两袖清风，'赤脚书记'是两脚清风。"村民们说。苏开德不但带头廉洁，还进一步完善村规民约，倡导文明乡风，酒席随礼不能超过200元，酒席不能超过30桌。他每次当选村党支部书记都庄严承诺："我这个村党支部书记，要么不做，做就要堂堂正正地做！"

（来源：2019年第1期，《当代广西》，记者周剑峰，通讯员贝为超）

# 陈上强：勤勉廉洁写忠诚

原柳城监狱后勤保障中心教导员，现任宜州监狱政治处主任陈上强，在2015年全国脱贫攻坚战的冲锋号吹响时，主动请缨，奔赴柳州市融安县桥板乡良老村担任第一书记，加入桂西北扶贫攻坚的战线上。

良老村地处偏僻、交通闭塞，是脱贫攻坚难啃的"硬骨头"。为了摸清村情，短短一个月的时间陈上强走遍了良老村的13个屯599户，最终确定了173户贫困户676名贫困人口，提前完成精准识别工作。

要想富，先修路。陈上强四处奔走，先后争取到1000万元扶贫修路款，修好了10个屯11.5公里的水泥路，屯级道路硬化率达到95%，大大改善村民生产生活条件。同时，他还争取项目资金建起新的村委办公楼，建成村民服务中心、农民文化广场、村民健身场所，为学校更换了新课桌。

经过调研，陈上强发现良老村很适合种植滑皮金橘和罗汉果。他到处筹措资金，并请来专家举办培训班，组织村民和示范户交流经验技术，不断提高村民的种植积极性。到2017年，良老村已经种植滑皮金橘420亩、罗汉果1000多亩，还成立了丰果蔬种植专业合作社，不少贫困户因此脱贫致富。

由于历史原因，当地林地权属纠纷较多。陈上强利用自己多年的执法工作经验，在平时的走村入户中开展法制宣传，驻村以来成功调处了5宗矛盾纠纷，村民们亲切地叫他"维稳书记"。每到汛期，他会冒着危险上门一遍遍动员贫困户临时转移，同时积极帮助他们申请危房改造资金修建新房。

"扶贫款是救命钱，是高压线，不能碰，钱要用在刀刃上。"在扶贫过程中，陈上强争取到的各项帮扶资金有1230多万元。在资金的使用上，他认真制订使用计划报上级备案，专款专用，资金统一由乡财政所集中管理；第一书记使用资金，严格按照程序进行，有效消除了扶贫廉政风险。

（来源：2019年第2期，《当代广西》，记者周剑峰，通讯员谢振华）

# 李利：盛开在办证窗口的"金茶花"

　　群众办证，最盼望的就是"快"。在防城港市政务服务大厅，就有这样一个人，她紧贴窗口办证需求，先后创新推出"容缺受理""受理和取证寄送服务""网络预审""延时服务""绿色通道"等服务，让群众办事"最多跑一次"和"零跑腿"成为现实。她就是防城港市行政审批局安全质量审批科窗口副主任科员李利。

　　近年来，许多大项目入驻防城港，为做好服务工作，李利专门开通了"减材料、提速度、网络预审、延时间、约时间" 5项绿色服务。有一次，一家企业的职员急着办理50台特种设备登记业务，但是赶到服务大厅时工作人员已经下班了，她试着联系李利，希望能将申报材料收下受理。得知该企业急于投产，李利赶到办证窗口，加班受理了该企业的材料。

　　为了求"快"，李利积极学习并推广中国（上海）自贸区组织机构代码证实时赋码做法，并在此基础上再次提速，将"组织机构代码证核发"提速为即办件，让群众申请办证立等可取。

　　4年多时间里，李利负责办理"容缺受理"3000余件、"延时服务"1700多件以及"取证寄送"820多件，在减轻群众办证负担和成本上取得一个个突破，办理的审批件提速率超过90%，收到感谢信近百封。

　　对李利优质的工作效率和贴心满意的服务，许多办证群众在表达谢意的同时，也想用其他方式"表示表示"。有一次，某企业一名常来办事的业务经理刚从窗口领走办好的证书，就打电话给李利表示"答谢"，说要送一些土特产给她，被李利严词拒绝了。

由于工作成绩出色，李利成为防城港市优化营商环境中的标兵，先后荣获广西五四青年奖章并荣记广西公务员一等功，防城港市优秀共产党员、市三八红旗手、市优秀青年榜样等荣誉称号。

（来源：2019年第2期，《当代广西》，记者周剑峰，通讯员李明鲜）

# 陆弟敏：芒果"医者"有仁心

　　百色芒果，闻名全国，是百色重要的产业支柱。芒果的生长离不开技术专家的"保驾护航"，田东县芒果试验站站长、水果技术推广站副站长陆弟敏是其中之一。他扎根基层几十年，引导群众成立55家芒果合作社，带动上万人脱贫。

　　田东县林逢镇林驮村是芒果种植的老牌村，但长期以来技术水平跟不上，而且种植结构单一，极大制约了芒果产业的壮大发展。2010年，作为芒果专家智囊团成员之一的陆弟敏，着手在村里调整种植结构，引进桂七、台农等多个品种进行推广。

　　一开始，当地果农并不买账："如果换了新品种，一旦不成功，我白白耽误了几年时间，那怎么办呢？"陆弟敏没有放弃，带着果农到外地参观学习，办培训班传授技术，整整几个月都待在果园领着果农干。经过7年多的努力，林驮村形成了早、中、晚多种类型芒果品种多元化的种植结构，村民每年人均增收8000元以上。

　　"我来自农村，要服务农民。"近年来，陆弟敏带领的广西田东芒果试验站坚持把产业扶贫作为脱贫攻坚的核心举措和主要途径来抓。如今，田东县芒果面积扩大到32.15万亩，优良品种覆盖率达93%，年产量达19万吨，产值约11.5亿元。芒果产业辐射带动28个贫困村，占全县贫困村总数的52.83%，已有累计超过1万人依靠种植芒果脱贫致富。

　　近年来，随着乡村振兴战略的进一步实施，田东县涌现出一批农旅融合的芒果企业和庄园，陆弟敏全程参与设计和规划，做好技术配套服务工作。作为当地首屈一指的高级农艺师，有企业想请他挂靠资质，但陆弟敏坚决拒绝挂名牟利。农业是多灾领域，陆弟敏多次参与灾情定损理赔勘测工作，每次他都坚持原则，不接受服务对象的宴请和迎来送往。

（来源：2019年第2期，《当代广西》，记者周剑峰，通讯员李明鲜）

# 唐耀华：智勇双全护民安

　　"作为一名人民警察、共产党员，关键时刻要站得出、危难关头要豁得出……"这是梧州市公安局刑事侦查支队反盗抢机动车大队副大队长唐耀华的人生信条。多年来，他凭借自己钻研的"唐耀华信息追逃法"，屡破奇案。

　　2015年11月8日，吴女士作为参展商到梧州市参加宝石节活动，不料在两广市场附近，车内一批价值2万多元的物品被盗。长洲公安分局合成作战室在唐耀华的带领下，通过天网查看犯罪嫌疑人踪迹，谁知狡猾的嫌疑人有很强的反侦查意识，行踪飘忽不定。"倒查疑犯踪迹也许能找到蛛丝马迹。"唐耀华使出"绝活"，果然发现嫌疑人在龙圩区活动，随即前往伏击将其抓获。

　　唐耀华的身上，有咬伤、撞伤、摔伤等大大小小30多处伤疤，每一处都是和犯罪分子惊心动魄较量的记录。其中，最考验人、最惊险的一次，当属在"神剑2号"专项行动中被犯罪嫌疑人覃某咬伤。

　　2016年4月17日，参与侦破辖区一起命案已连续工作10多个小时的唐耀华接到任务，对多起入室盗窃案的疑犯覃某实施抓捕。在抓捕过程中，覃某伪称自己有艾滋病并暴力拒捕，还咬伤唐耀华的左小腿。危急关头，唐耀华顾不上处理鲜血直流的伤口，忍住剧痛制服覃某后才赶往医院检测医治。

　　"做刑警，是我一生的追求。我多一份努力，社会就多一份平安和谐。"多年来，唐耀华共参与破获各类案件 1000 多起，抓获犯罪嫌疑人 900 多人。面对犯罪分子的利益诱惑，他严格遵守中央八项规定和公安部五条禁令，始终保持共产党员的政治本色。他先后被荣记个人三等功 4 次、嘉奖 2 次，并荣获"全国优秀人民警察""全国公安优秀刑警"等称号。

（来源：2019 年第 2 期，《当代广西》，记者周剑峰，通讯员朱晓华）

# 翁敦贤：破解"地球密码"的探索者

　　南宁吴圩机场T2航站楼、高近400米的广西最高楼、南宁轨道交通工程、粤桂合作特别试验区……这些国家、自治区重点项目工程前期地质勘察的顺利完成，都离不开一个可以解读"地球密码"的人——自治区二七二地质队副队长兼总工程师翁敦贤。

　　1997年大学毕业后，翁敦贤一直从事地质灾害治理、找水打井、岩土工程等专业技术工作。在广西"十二五"农村饮水安全找水打井项目工程中，他迅速组成一支找水打井劲旅，完成了120个缺水村屯水文地质调查，出水成井110口，圆了5万多名群众的安全饮水梦。2007—2008年，翁敦贤担任安哥拉23万套安居家园公房岩土工程勘察技术协作项目总工程师，用精湛的技术展现了中国专家的风采，赢得了协作单位及客户方的好评。

　　"地灾治理就像医生诊病，'断准病因'与'因病施治'两个环节都要准确才行。"2016年，翁敦贤带队承担了广西有史以来最大矿山环境恢复治理项目。该项目矿区经过多年的开采，已经千疮百孔，造成严重的地质灾害隐患、水污染以及土地损毁等生态破坏问题。翁敦贤带领技术团队加班加点，攻坚克难。白天，他与一线员工在矿区里实地踏勘、扛钻杆、搭钻机；深夜，他或审核报告，或与技术人员讨论内业资料。最终，矿山逐渐恢复往日青葱，成为保护地质遗迹的人与自然和谐共生的矿山地质环境治理示范工程。

"老老实实做人，清清白白做事"是翁敦贤的人生信条。他去开会，距离近的就步行，距离远的就坐公交车，从不公车私用。他还在单位发起技术资料内部审核采取电子化审查，减少了纸张、墨水等打印耗材的使用，既节约了办公成本，也减少了资源浪费。

　　（来源：2019年第2期，《当代广西》，记者周剑峰，通讯员高忠庆）

# 钟革：为儿童免疫筑起健康屏障

广西属于亚热带地区，极易发生传染病疫情。广西疾病预防控制中心免疫规划所所长、党支部书记钟革平均每年深入基层50天以上，深入开展现场调查指导，了解广西各地适龄儿童的预防接种工作。针对近两年来脊灰灭活疫苗短缺的问题，他制订了替代接种方案，使全区免疫规划工作顺畅开展。

经过钟革多年的努力，我区建立了麻疹、风疹、乙脑、脊灰、流脑等传染病疫情监测系统，及时掌握全区相关传染病动态和处置各种公共卫生突发事件。其中，麻疹防控工作在全国独树一帜，从2004年起，广西麻疹发病率连续低于全国平均水平。此外，广西在1993年报告了最后1例脊髓灰质炎野病毒病例（小儿麻痹症），至今已经连续25年无脊髓灰质炎野病毒导致的小儿麻痹症发生，连续15年无白喉病例发生，乙脑、流脑、甲肝等病例数都控制在较低发病水平。与实施免疫规划前相比，广西免疫规划疫苗针对疾病发病和死亡均下降了95%以上。

钟革积极探索工作新模式。从2003年起，他创新实施免疫规划黄牌警告机制，得到国家肯定和推广。他还利用互联网科技，积极推进"互联网+预防接种"工作新模式，目前已经在南宁、玉林、桂林、贵港、百色等地建成了167个数字化预防接种门诊，为建设健康广西持续保驾护航。

在钟革和全区免疫规划人员的不懈努力下，广西的免疫规划疫苗已经由2002年以前的6种增加到现在的14种，预防的疾病由7种增加到15

种，每年为适龄儿童提供 1800 万剂次的疫苗接种，全区适龄儿童的接种率超过了国家规定的 90% 以上的指标要求。

多年来，钟革始终坚守廉洁底线，严格遵守各项规章制度，按照程序办理各项目和经费使用的有关事项，重大事项由科室集体讨论，所管理的科室及本人从未发生廉政风险问题，未发生违纪违法问题。

（来源：2019 年第 2 期，《当代广西》，记者周剑峰，通讯员李明鲜）

# 业精身正办"铁"案

## ——记河池市纪委副书记、监委副主任黄振林

**开栏语** 自治区纪委机关、自治区党委组织部、自治区党委宣传部联合在全区开展2018年广西勤廉榜样选树宣传活动,评选出了30名广西勤廉先进个人。从今天起,《广西新闻联播》开设"广西勤廉榜样风采"专栏,对广西勤廉先进个人进行集中宣传,弘扬主旋律,传播正能量,积极营造崇尚清廉、向上向善、争创一流的良好氛围。今天,我们了解河池市纪委副书记、监委副主任黄振林的事迹。请听广西台记者黄尚彪、宁庆鑫,通讯员王英瑞的报道:

说起黄振林,同事们都对他严谨的工作作风和认真负责的工作态度十分钦佩。参与纪检监察工作这些年来,黄振林组织查办了数百起案件,查处数十名处级领导干部,为国家挽回经济损失数千万元。河池市纪委审理室主任覃铭:

**(出录音)** 黄副书记查办案件敢于较真、碰硬,敢于唱黑脸。特别是在问题线索研判、重要案件的突破方面,他都有他自己独到的见解和方法。他查办的案子都是比较有影响力的,社会效果、政治效果也很好。

在对宜州市(今宜州区)人民检察院原党组书记、检察长何绍崇涉嫌滥用职权、徇私舞弊、谋取巨额利益的调查中,黄振林和调查组同志一道,从大量的财务数据和各类复杂的工程资料中寻找线索,并多次深入到

多个涉案单位部门，找涉案人员、知情人员调查核实、谈话取证，通过大量的内查外调，终于使一个个违纪违法事实得以查证落实。这起案件为国家挽回直接经济损失910多万元，当事人受到了开除党籍、行政撤职的处分。河池市纪委常委于晓江：

（出录音）在查办案子的时候，黄副书记要我们放手去做，不要怕任何困难和压力。他做事的方式方法，也是为我们树立了一种榜样、一种标杆，从他的身上我们可以学到更多的东西。

曾在财政、审计等部门工作多年的黄振林，调入纪检监察机关后，非常注重学习政治理论和各种政策法规，增强自己的办案技能。他始终以党和人民的利益为重，从来不因为各种压力而放弃原则，确保所经办的案件"事实清楚，证据确凿，定性准确，处理恰当，手续完备，程序合规"。黄振林：

（出录音）随着反腐败斗争的不断深入，腐败现象、腐败案件越来越复杂，手段越来越隐蔽，腐败的智能化程度越来越高。我作为纪检监察干部，在任何时候、任何条件下，绝不含糊，始终坚守干净这个底线，以坚决的态度和有力的措施，毫不动摇地把反腐案件的工作抓紧抓好。


（来源：2018年12月24日，广西广播电视台综合广播《广西新闻联播》，广西台记者黄尚彪、宁庆鑫，通讯员王英瑞）

# 谢华娟：民族团结进步的使者

南宁市西乡塘区衡阳街道中华中路社区党委书记谢华娟，勤勉清廉，16年来，带领社区群众打造全国民族团结进步创建活动示范区，被誉为"民族团结进步的使者"。今天我们跟随广西台记者彭龙一起来听她的故事：

尽管身体不适，但谢华娟仍然坚持和往常一样早早来到社区。当天，她的工作安排是组织社区党员群众学习习近平总书记为庆祝广西壮族自治区成立60周年的题词和自治区成立60周年庆祝大会有关精神。谢华娟向记者透露，她正在筹备社区一年一度的迎新春送春联送祝福活动，今年的主题是"民族团结大联欢"。

（出录音）筹备迎新春免费送祝福送春联，这是我们社区的一个传统，组织党员群众准备一个演出活动，还有一个签字仪式，我们少数民族群众感恩祖国感恩党。

谢华娟所在的社区，有来自全国、全区各地19个民族的群众共同生活在这里。为了能更有效地开展矛盾调解工作，谢华娟自学了少数民族语言。她还邀请高校教师在社区开设免费汉语培训班，增进各族群众之间的交流。此外，还在社区定期开办技能培训班，帮助少数民族农民工兄弟提高职业技能，并热心地为他们介绍工作。社区组织开展的古尔邦节、"三月三"、开斋节等少数传统民族节日活动，让各族同胞了解和尊重彼此的风俗习惯，交流了情感。说起谢华娟，大家纷纷点赞。社区居民廖女士：

**（出录音）**工作认真，对人很热情。

社区居民陈阿姨：

**（出录音）**真的不错，她不像人家夸夸其谈，她自己动手带头，这种领导就是讲以身作则，讲实在话她是属于实干型的。

多年来，谢华娟从不拿群众一针一线，即使是自己生病住院，群众送来慰问品，她也是婉言谢绝。她常说，自己要是收了群众的礼，工作就变味了。有人问谢华娟，在基层社区工作为什么能坚持这么久？她微微一笑，坦言自己只想着社区的各民族居民能够和睦相处。

**（出录音）**首先是细心、爱心、专心、诚心去为他们服务，得到他们的信任，确保我们小小社区和谐稳定，然后这个社会才和谐。

（来源：2018年12月25日，广西广播电视台综合广播《广西新闻联播》，广西台记者彭龙）

# 郑宝石：大医大德　心脏病患的福音

如果把医生比作和死神战斗的士兵，心胸外科医生就是特种兵。从医26年来，广西医科大学一附院心胸外科主任郑宝石，在手术台上，挽回了无数患者的生命。在廉洁从医的底线上，捍卫大医大德的含义。请听广西台记者熊宗涛的报道：

采访郑宝石的过程，经常会被他的电话和短信打断。有咨询疑难手术指导的，有预约病例会诊的……郑宝石都一一耐心地进行答复。他说，心脏疾病的诊断救治来不得半点延误和马虎：

（出录音）心脏他本身是个发动机，这么重要的一个器官，你稍微有任何的闪失，可能这个发送机就熄火了。

性命相托，这是患者对医生的信任。对此，郑宝石倍感珍惜。一天凌晨3点多钟，陆女士带着患有严重心脏病的老父亲从来宾市金秀瑶族自治县赶来找到郑宝石。他在诊断老人患有严重心脏病后，立即张罗为老人安排了床位及时进行救治。患者家属陆女士：

（出录音）在那个（当地）医院没有条件做，建议我们来到郑主任这边。

救死扶伤，就要敢于担当。在心胸外科，一台手术平均都要好几个小时，一整天下来，十几个小时精神的高度集中，大量消耗着郑宝石的精力和体力。但他从不叫苦叫累，践行科室主任"传帮带"的使命。广西医科大学一附院心胸外科主治医师卢苇：

（出录音）放手不放眼，很合适的很适度的放开手，给我们去做一些事情，做的过程中有些不合适的地方他会及时进行纠正，让我们在整个过程中既能够得到锻炼又能很快地提高起来。

郑宝石带领团队前瞻性地把科室分成心脏病区、普胸病区，成立了广西最早的心胸外科重症监护室，并将科室的突破方向放在心脏大血管方面，研究先进技术，培养高素质队伍。2017年，在他的组织带领下，广西首例经心尖导管主动脉瓣置入术成功进行，为很多心脏病患者重获新生带来了希望。目前，广西医科大一附院成功完成6例经心尖导管主动脉瓣置入手术，居华南地区之首。郑宝石主持广西自然科学基金项目4项，获国家级科技进步奖1项、省部级科技进步奖3项，培养硕士15名。郑宝石：

（出录音）心脏手术高风险、高难度、安全系数低，一定要有非常精湛的技术和丰富的临床经验，在一些新技术紧跟国内国际发展趋势。

作为医院大外科主任，郑宝石面临的诱惑很多：药品的选择、设备的引进、科室的建设等。面对药商、医疗器械商的"围猎"，他严守医德医风，坚决抵制：

（出录音）作为一个科主任，自己要以身作则，再要求各级医护人员，你不能去拿回扣、拿医疗提成、索要红包这些事情，我们一定要走正规的流程、合规的流程。

（来源：2018年12月28日，广西广播电视台综合广播《广西新闻联播》，广西台记者熊宗涛）

# 为了百姓"粮满仓"

## ——记灌阳县植物保护站农技推广研究员罗标

**主持人** 他热衷于研究水稻病虫害，志在让百姓"粮满仓"；他从不染指农药经销商的"宣传费"，只为坦坦荡荡发展水稻种植。他就是一心一意守护百姓"饭碗"的灌阳县植物保护站农技推广研究员罗标。请听广西台记者吴清卿、灌阳台记者郑凯报道：

走进罗标家中，俨然是一个小型植物园。多年来，罗标在自家天台、阳台上种植了40多种农作物，每天早、中、晚都要上楼顶观察。他还把田间、果园、菜地的害虫带回家来饲养，观察害虫的生活习性，研究防治方法。

每逢春夏病虫害增多的时节，罗标就会接到农户的求助咨询电话。经常一天能接20多通电话。不论周末、节假日或下班时间，他都不厌其烦地给予回复解答。种植户莫国兴：

**（出录音）**我们种植户遇到病虫害问题，打个电话，罗站长马上就过来了。有他的技术指导，我们的生产成本降下来了，品质和产量都提高了。

近年来，罗标参加了灌阳县超级稻加再生稻1000亩高产攻关示范项目，不管刮风下雨，还是烈日当头，经常在基地忙碌。2017年，示范项目实现亩总产量1561.55公斤，创世界高产纪录。袁隆平院士欣然题词："灌阳再生稻甲全球"。然而比起荣誉，罗标更看重的是在田间地头收获的经验。

（出录音）我的收获就是跟老百姓打成了一片，我在技术指导的过程中也学到了老百姓的很多东西。

以前，灌阳县植保站会定期出病虫害预报信息，并推荐使用相应农药。一些农药经销商找上门来，想做宣传，每次罗标都会严词拒绝：

（出录音）有些农药化肥厂商看到我们在技术上的权威，就让我们在讲课的时候为他们推销农药化肥，说给我们"广告费""宣传费"。我当时就对他们讲，只要你的产品正规、合格、效果好，你把产品免费地送给农民，农民用了效果好，农民就是活广告。根本不需要你给我钱来做广告。

38年来，罗标与农作物为伴，同病虫害对抗，将对农技工作的深情融入灌阳广袤的土地。因为工作成绩突出，他先后获得"全国农作物病虫害防治先进个人""全国农业技术推广先进工作者"等荣誉称号，所在团队获"袁隆平农业科技奖"。


（来源：2019年1月4日，广西广播电视台综合广播《广西新闻联播》，广西台记者吴清卿、灌阳台记者郑凯）

# 盛开在"窗口"的"金花茶"

## ——记防城港市行政审批局干部李利

群众带资料到审批窗口办事，难免缺这缺那，工作人员该怎么做？群众办事满意了，想送点东西"表示表示"，党员干部又该怎么处理呢？对此，防城港市行政审批局干部李利给出的答案是：包容群众的"缺"，不容自己有"污"。请听广西台记者甘智锐，通讯员吴伟泰的报道：

群众到办证窗口办事，材料不齐不能办是常有的事，2013年，在没有指导意见和规范标准的情况下，李利率先借鉴外地先进做法，在窗口创新推出"容缺受理"，比广西全面推广政务服务"容缺受理"模式提前了5年。李利：

**（出录音）**也就是说，对次要条件或手续，有欠缺的行政审批事项，我们先受理和审查，群众需要在规定日期前将材料扫描件发给我，然后我再打印，受理时间则从群众最初提交日算起，既避免了群众跑一趟的麻烦，又提高了审批的效率。

对此，防城港澳加粮油工业有限公司特种设备管理人员刘春雷深有感触：

**（出录音）**我提交的材料不齐全，她说那就按照"容缺受理"办，先收下合格的，缺的部分让我扫描好发送给她。

办证窗口上下班的时间是固定的，但李利经常延时服务。王瑞娜是广西金川有色金属有限公司的一名特种设备管理人员，有一次，她着急办理50台特种设备登记业务，赶到大厅时已经到下班时间了。王瑞娜：

（出录音）由于着急办证，我就给她打电话说明了情况，她马上放下碗筷赶来审核我们的材料，她知道我们急用，她联合科室人员加班加点，第二天下午就通知我来领证了，这么为我们企业着想，我真的感觉到很温暖！

优质的工作效率、贴心满意的服务，赢得许多办证群众点赞，人们的表达方式各有不同：有写表扬信的，有现场点赞的，还有的要请她吃饭，更有要送东西的，对此，李利是一一谢绝。党纪心中记，廉洁身先行。小窗口连着群众大问题，李利以实际行动擦亮群众满意窗口招牌，以实际成效回应群众诉求关切。防城港市行政审批局副局长陈旋：

（出录音）李利一直以来在窗口服务上担当作为，积极创新，她负责的窗口，已经成为优化营商环境的示范窗口。

（来源：2019年1月6日，广西广播电视台综合广播《广西新闻联播》，广西台记者甘智锐，通讯员吴伟泰）

# 陈上强：重任担当助脱贫
# 勤勉廉洁写忠诚

　　宜州监狱政治处主任、融安县桥板乡良老村原驻村第一书记陈上强是一名有着20多年工龄的警察，他主动请缨，义无反顾地冲向桂西北扶贫最前线，脚踏实地矢志脱贫攻坚，勤勉廉洁书写担当忠诚。请听广西台记者的报道：

　　虽然任期已经届满，但陈上强心里还一直惦念着良老村。2018年12月初，离任8个月后的他又来到村里回访。

　　（出录音）变化越来越大了，还有村民的收入比原来好了，还是觉得自己做的还不够，还有很多（工作）还没完成。

　　良老村地处偏僻、交通闭塞，是脱贫攻坚难啃的"硬骨头"。2015年10月，到任后短短一个月时间，陈上强就走遍了良老村的13个屯599户人家，最终确定了173户贫困户676名贫困人口，提前完成精准识别工作。融安县桥板乡良老村包村组成员覃鹏：

　　（出录音）陈书记几乎每天一大早就出门，进村入户开展工作，直到晚上六点多才回到驻地。吃过晚饭后，还要加班加点把当天的材料整理完毕，如果不做完，他是不会休息的。

　　为了强化扶贫的"造血"功能，陈上强动员村民种植滑皮金橘，到处筹措资金成立了"丰果蔬种植专业合作社"，带领贫困户脱贫致富。融安

广西勤廉榜样先进事迹新闻宣传报道集

县桥板乡良老村良老屯群众覃世珍：

（出录音）他在我们良老（村）两年多，为我们良老把道路硬化全部搞通，帮我们发展种金橘、砂糖橘、茶籽，每年发两回鸡苗和猪苗给我们养，使我们的生活有了很大的提高。

驻村期间，陈上强的妻子因罹患乳腺癌入院治疗。为了照顾妻子，他经常要村里和医院两头跑。尽管如此，他也从未耽误过村里的扶贫工作。有村民上山采来灵芝，守在路边要给陈上强拿回去为爱人补身体，实在推脱不掉，陈上强就按市场价掏钱塞给老乡。融安县桥板乡良老村党支部书记覃世强：

（出录音）陈上强书记在我们良老村工作两年多来，从来没有发生过一起违反廉洁纪律方面的行为，可以这么说吧，他是一个非常廉洁、正直的好干部，也是我们基层干部学习的楷模！

对于努力争取得来的1230多万元帮扶资金，陈上强严格遵守资金管理规定，防范扶贫廉政风险，认真制订扶贫资金项目使用计划报上级备案，资金统一由乡财政所集中管理，确保专款专用。宜州监狱政治处主任、融安县桥板乡良老村原驻村第一书记陈上强：

（出录音）扶贫资金是村里的救命钱，作为一名党员、村第一书记必须把它管好用好，真正解决村里的困难，让村民能够得到实实在在的实惠。

（来源：2019年1月10日，广西广播电视台综合广播《直播广西》，广西台记者黄婉）

# 黄文毕：勤廉无私的"锅炉王"

黄文毕是广西建工集团第一安装有限公司泰国公司副经理，国家级技师。30多年来，他践行工匠精神、坚守项目一线，创造了一流业绩。今天的《广西勤廉榜样风采》专栏，我们一起来认识这位行业内响当当的"锅炉王"。采制广西台记者熊宗涛：

泰国 KSP 糖厂是"全亚洲最先进糖厂"，作为总承包项目党支部书记，54岁的黄文毕近半年来都在泰国忙碌着。

**（出录音）** 国内用的是国标，那边（泰国）用的是美标，设计、施工都是按美标要求。（现在）做了4个2万立方的储罐，主要的车间我们都交付了。

都说慢工出细活，但黄文毕利用多年的独到经验和对企业的高度责任心，面对国外业主严苛的工期和质量要求，做到"快工也能出细活"。2016年，黄文毕负责的泰国叻武里新建糖厂总包项目，1年建成1年达标，刷新了当地糖厂建设最快速度记录，投产后各项指标均在泰国糖业界名列前茅。

**（出录音）** 我们攻克机电安装技术难题，通过改变传统锅炉拼装方法，使得锅炉安装质量和效率大大提升，锅炉安装调校成本大大降低，每台直接节约成本近10万元。

项目工程建设资金量大，诱惑也多。黄文毕告诉记者，抵住诱惑，当从管住小节开始。在工作中，他坚持"一岗双责"，规范采购流程，让采购在阳光下运行，抵制供应商请吃喝、请旅游、送红包，树立起"一个党员就是一面旗帜"的模范形象。黄文毕说要把每一个经手的工程建成廉洁优质工程：

（出录音）人家扛了一台进口电视机给我们，我要你电视机干吗？把它推掉。如果你收了，可能供过来的产品质量不合格，短斤少两啊！公司把项目交给我们，把十几个亿交给我们去实施去完成，我们不可能对不起公司对我们的信任，首先要带头，一定要去把关，这个就是责任。

梅花香自苦寒来。30多年的艰苦拼搏，黄文毕不断攀登着人生的新高度，先后被评为全国劳动模范、全国交通建设系统"工人先锋号"、全国住房城乡建设行业技术能手、人力资源和社会保障部全国技术能手等，获得全国五一劳动奖章。广西建工集团第一安装有限公司党委副书记林朝华：

（出录音）几十年如一日勤勤恳恳，在现场在工地上从事安装工作，不断积累经验，创新锅炉安装水平，在我们整个广西一安是最厉害最先进的。

（来源：2019年1月16日，广西广播电视台综合广播《广西新闻联播》，广西台记者熊宗涛）

# 唐耀华：赤胆忠心的英雄刑警

唐耀华是梧州市公安局刑事侦查支队反盗抢机动车大队副大队长，从警九年，他打击犯罪，守护一方平安，用对党和人民的赤胆忠心，演绎了当代刑警的英雄本色。请听广西台记者的报道：

2016年12月2日，梧州市盛业大厦某电脑店发生了一起故意伤害致死案，店主被害身亡，犯罪嫌疑人作案后潜逃。如何在有限的信息中找到嫌疑人逃窜的踪迹，抓住黄金时机破案，时任梧州市公安局长洲区分局合成作战室负责人的唐耀华第一时间带领战友全力开展侦查工作。经过33天夜以继日的努力，"12·02"命案告破，凶手被抓捕归案。在担任梧州市公安局长洲区分局合成作战室负责人不到两年的时间里，唐耀华带队破获各类案件260多起，抓获犯罪嫌疑人200多人。梧州市公安局长洲区分局副政委龚鹏：

（出录音）唐耀华同志通过平时的刻苦钻研，练就了"火眼金睛"，总结出了"唐耀华信息追逃法"，提炼出他自己破案的两大"法宝"——人力资源最大化和视侦实战法，得到了市公安局高度肯定并推广。

一名共产党员就是一面旗帜。唐耀华时刻牢记这一点，他严格遵守中央八项规定精神和公安部的五条禁令，始终保持共产党员的政治本色。他在办案纪律这个大是大非问题上，面对亲人求情，始终守住纪律底线；面对金钱诱惑，拒腐意志坚如磐石。梧州市公安局长洲区分局合成作战室民警刘事承：

（**出录音**）这几年来，因为求情而被他拒绝的少说也有十几二十人，但即便是亲戚朋友开口求情，他也没有忘记一名人民警察应有的职业操守，守住了纪律的底线。

梧州市公安局刑事侦查支队反盗抢机动车大队副大队长唐耀华：

（**出录音**）作为一名人民警察，一名共产党员，关键时刻要站得出来，在人民群众有危难的时候，要豁得出去，为党旗增光添彩。

（来源：2019年1月17日，广西广播电视台综合广播《直播广西》，广西台记者吴清卿）

# 心底无私　茶香世界

## ——记苍梧县六堡镇山坪村党支部书记祝雪兰

在梧州市苍梧县六堡镇山坪村，当地人喜欢叫村党支部书记祝雪兰为"祝师傅"。因为她不仅无私地公开了手工制作六堡茶的"祖传秘方"，还创建起"茶园讲堂"，无偿传授群众制茶手艺，带领大家以茶脱贫、以茶致富。今天的《广西勤廉榜样风采》，我们去了解她的事迹：

苍梧县六堡镇山坪村是一个偏远的瑶族村，很多村民住在半山腰上。虽然是六堡茶的核心产区，但山坪村各家各户制茶手法不一，茶叶质量参差不齐，六堡茶产业一直发展不起来。2008年，祝雪兰担任山坪村党支部书记后，就向家人提出，要将自家的制茶技艺教给群众。在她的再三开导和劝解下，家人最终同意将手工茶的"祖传秘方"奉献出来，无偿传授给当地群众。六堡镇山坪村村委主任盘进东：

**（出录音）**制茶的技艺一直是不外传的，想不到祝支书能把这门技艺教给群众，这件事我很佩服她。

为改变当地茶叶产量低、品种少的状况，2009年，祝雪兰先用自家的茶田进行改良试验，先后带动全村改造扩种六堡茶1000多亩。山坪村的成功经验很快辐射到周边乡镇。苍梧县六堡镇镇长曹璋：

**（出录音）**祝雪兰在六堡茶的工艺传承、低产改造、品牌打造方面，都做出了自己最大的努力。

2017年，六堡镇获评为"全国特色小镇"，山坪村是全镇唯一的少数民族聚居村。祝雪兰发现，游客对茶文化和瑶族文化特别感兴趣。她带领村"两委"开始谋划文旅结合发展新路子，让更多游客和商家走进大山。深圳客商王东新：

**（出录音）**农家手工茶不仅是技艺的传授，也是历史的传承。我们来六堡，就是要品尝手工制作的六堡茶。

如今的山坪村，翠绿的茶山上建起了风雨栈道和观光亭。村里还组建瑶族文化文艺队，举办了瑶族文化节。新瑶寨正以新形象，激活乡村旅游，迎来新一轮的发展。谈及未来，祝雪兰深感责任在肩：

**（出录音）**我愿意把自己的青春年华都用在做大做强六堡茶产业这件事上，这也是我的一份责任。


（来源：2019年1月23日，广西广播电视台综合广播《广西新闻联播》，广西台记者吴清卿）

# 如水般清澈的水文人

## ——桂林市水文水资源局站网监测科科长莫建英

从20岁到36岁，她先后在桂林水文站、桂林水文应急监测队、桂林市水文水资源局工作，始终坚守在水文工作一线，把16年最美好的青春年华奉献给江河。她就是桂林市水文水资源局站网监测科科长莫建英。请听广西台记者吴清卿报道：

桂林水文站是珠江流域西江水系桂江的重要控制站，承担桂江上游漓江河段的水文监测任务，属国家重要水文站点。莫建英20岁毕业后，就到了桂林水文站工作。当时水文站办公室和测流缆道房之间，隔着一条100多米坑坑洼洼的泥巴路。2009年的一天，洪水把这条路变成一条小河，怀着身孕的莫建英和同事们划着小铁皮船去测流，结果不小心翻船落水。

**（出录音）** 就是一条小船，然后我们是从河边那栋房子拉到这边，路边有个桩子用绳子（系住），和索一样。站在船上拉着绳子就一路过去了，因为有两三个人在上面，可能不平衡就翻了。

落水后，同事们都很担心莫建英的身体，她却安慰同事说下次小心点。

2017年，受强降雨影响，桂林市出现了入汛以来最大范围的江河超警洪水，莫建英带领桂林水文应急监测队不分昼夜地坚守岗位，与洪水赛跑抢时间，实时传输的水文数据，为防汛调度提供及时、准确的数据。

莫建英心中不仅仅竖着水位尺，更树立着纪律戒尺。她负责管理桂林市历年水文资料。有些公司想拿到水文资料，走私人关系或者直接说明给"好处"，希望她能够开个后门，莫建英坚决拒绝了。

**（出录音）**我们水文这个资料，在一定程度上它是一种很机密的资料。如果你是以私人的名义来要资料的话，肯定是要走正常的程序去办理。

多年来，莫建英潜心钻研、刻苦学习，多次荣立个人三等功，荣获"全国水利系统先进工作者""学习型党员"等称号，在2012年11月的全国水文勘测技能大赛中，荣获大赛二等奖。

（来源：2019年2月9日，广西广播电视台综合广播《广西新闻联播》，广西台记者吴清卿）

# 国境线上的忠诚哨兵

## ——记那坡县天池国防民兵哨所原哨长凌尚前

清晨，薄雾还未散尽，在海拔近1000米的那坡县天池国防民兵哨所上，56岁的凌尚前整理好装备，走下108级台阶，又一次踏上边境巡逻路。38年来，他累计巡逻的路程超过了3次长征。今天的《广西勤廉榜样风采》，我们跟随广西台记者陶启堂、蒋文婷一起来了解他的事迹：

1981年，刚满18岁的凌尚前来到天池哨所，担负守护这里11块界碑和连接界碑的8公里国境线的巡逻警戒任务。界碑大都立在密林深处，巡边小路是凌尚前和哨员们一脚一脚踩出来的。走在崎岖难行的山路上，除了要面临摔下悬崖的危险，还要防止蜈蚣、山蚂蟥、毒蛇的侵袭。凌尚前：

（出录音）记得有一次我带队巡逻，我的左手被草丛中的毒蛇咬伤，昏迷了一天。从那以后，我的左手无名指再也无法正常弯曲了，留下了终身残疾。

2013年，某邻国在修便道时，越过我方0.5米。凌尚前立即拍照取证向上级汇报，最终对方回填越界部分。38年来，他妥善处置边情百余起，上报边情信息2000多条。凌尚前：

（出录音）我们哨所管辖的8公里边防线上，共有各种边境小道10条。从20世纪90年代开始，就常有不法分子利用各种手段，想方设法腐蚀和诱惑我，面对这种情况，我经常告诫自己，要抵制诱惑，廉洁守边。

2016年8月，有不法分子来到凌尚前家，塞进胀鼓鼓的信封，想通过边境走私贩运木材，被他严厉回绝。在他带领下，全哨所所有人都自觉抵制诱惑，79次协助查获走私案件，58次截堵盗伐盗猎不法分子。

2017年11月，凌尚前从哨长的位置退了下来，但仍主动要求参与日常巡逻。

（**出录音**）我还是哨所的一员，只要组织需要我，我会一直坚守下去！


（来源：2019年2月17日，广西广播电视台综合广播《广西新闻联播》，广西台记者陶启堂、蒋文婷）

# 谢华娟：架起民族"连心桥"

　　我们首先来认识南宁市西乡塘区衡阳街道中华中路社区党委书记谢华娟。她清正廉洁，勤勉工作，用自己满腔的干事热情和民族情怀，凝聚起社区19个民族居民的团结之心。

　　中华中路社区毗邻南宁火车站，是许多外地务工群众来邕落脚的第一站，社区居住着汉、壮、瑶、回、维吾尔等19个民族的居民。16年前，谢华娟一到社区工作，就开始打造"民族情深党旗红"党建品牌，建立南宁首个社区"民族之家"，在有着不同民族习惯、宗教信仰和语言文化的社区居民之间架起民族"连心桥"。她自学少数民族语言，为居民调解纠纷矛盾；联系大学生志愿者开办培训班，免费教普通话；邀请职校老师开设培训班，教授营销、烹饪等技能。

　　社区维吾尔族居民阿卜杜喀迪尔10年前来到南宁，是谢华娟帮他解决了住房。10年来，他得到谢华娟的帮助数不胜数。

南宁市西乡塘区衡阳街道中华中路社区维吾尔族居民阿卜杜喀迪尔：

谢书记很好，我觉得像妈妈一样，帮助我，关心我。

为了让少数民族居民尽快融入社区大家庭，谢华娟在社区组织举办古尔邦节、壮族"三月三"、开斋节等民族传统节庆活动；她还组建微信群"民族桥"，向社区少数民族外来务工人员发布就业信息、社区公告等便民信息。

南宁市西乡塘区衡阳街道中华中路社区党委书记谢华娟：

我希望我们社区的少数民族同胞在南宁感受到家的温暖，希望我们社区的民族团结进步氛围越来越好。

因为服务热心、有求必应，常有居民想送点水果、特产或请客吃饭表示感激，但谢华娟从来都是拒绝。无论是为群众办事、为企业协调解决问题，还是管理使用社区集体资产，谢华娟历来严格要求自己，从不贪利、不谋私。

南宁市西乡塘区衡阳街道中华中路社区梦之岛电动车城财务谢尚英：

我们找谢书记帮忙，她从不推脱，我们请她吃饭，送她礼，她从不接受。

在谢华娟的带领下，中华中路社区成为全国民族团结进步创建活动示范社区。她个人先后获得全国民族团结进步模范个人、全国三八红旗手、全国优秀党务工作者等荣誉称号，被居民亲切地称为"民族团结进步使者"。

（来源：2018年12月26日，广西卫视《广西新闻》，广西台余跃、胡文豪）

# 罗标：让百姓"粮满仓"

他热衷于研究水稻病虫害，矢志让百姓"粮满仓"；他从不染指农药经销商的"宣传费"，只为坦坦荡荡发展水稻种植。《广西勤廉榜样风采》今天来认识为农作物生长保驾护航的"植物医师"罗标。

走进罗标家，这里俨然是一个小型的植物园，灌阳县常种植的农作物品种都可以在这里找到。

灌阳县植物保护站农技推广研究员罗标：

这个小菜园大概种了40种植物这样，有农民经常种的蔬菜和果树。

为了掌握相关病虫的生活习性、耐药特性，罗标经

广西勤廉榜样先进事迹新闻宣传报道集

常昼夜潜伏在田间地头捕捉害虫，了解白天与夜间病虫害分布情况。如今，他对全县水稻、水果、蔬菜等主要病虫害的发生情况与防治技术了如指掌，被大家称为"植物医师"。

灌阳县黄关镇联德村村民王良富：

他预报虫情和病情很准确，叫你某月某日就可以杀（虫）。他是一个高级的医师。

近年来，罗标参加了灌阳县超级稻加再生稻1000亩高产攻关示范项目，不管刮风下雨，还是烈日当头，经常在基地忙碌。2017年，示范项目实现亩总产量1561.55公斤，创世界高产纪录，罗标所在团队获得第九届"袁隆平农业科技奖"。在灌阳当地，罗标的技术家喻户晓，同时他的严于律己、清正廉洁也是有口皆碑。

灌阳县黄关镇联德村村民史维军：

不增加老百姓麻烦这样子，留他吃饭他都不吃，非常的清廉。

灌阳县植物保护站农技推广研究员罗标：

作为一名共产党员，清正廉洁是底线，宁可清贫自乐，不可浊富而忧，农民朴实厚道，我更应该助人为乐。

38年来，罗标与农作物为伴，同病虫害对抗，将对农技工作的深情融入灌阳这片土地。因为工作成绩突出，他先后获得"全国农作物病虫害防治先进个人""全国农业技术推广先进工作者"等荣誉称号。

（来源：2019年1月2日，广西卫视《广西新闻》，通讯员贝为超）

# 郑宝石：救死扶伤敢创新　心系患者显医德

　　如果把医生比作与死神战斗的战士，那心胸外科医生便是这群战士中的特种兵，拔点夺要，救人危难。从一名医学生，到广西最大、实力最强的医院大外科主任，三十多年来，他全心全意、救死扶伤，践行着医者的誓言；作为一名党员，他以身作则，坚守医德，展现出一名共产党人的优秀品质。他就是广西医科大学第一临床医学院第一附属医院大外科兼心胸外科主任郑宝石。

　　如果你没来过广西医科大学第一附属医院的心胸外科，绝对无法想象这里的医生有多忙。每年手术2000多台，其中心脏手术1200余台，刨掉休息日，平均每天科室要做10台手术，常规手术两三个小时，大型手术将近10个小时。如圆珠笔芯大小的血管，比头发丝还细的缝合线，带上放大镜才能看清的血管壁……每一台手术，都犹如在刀尖上的舞蹈，各种高难度的手术，在郑宝石所在的科室里几乎每天都会碰到。

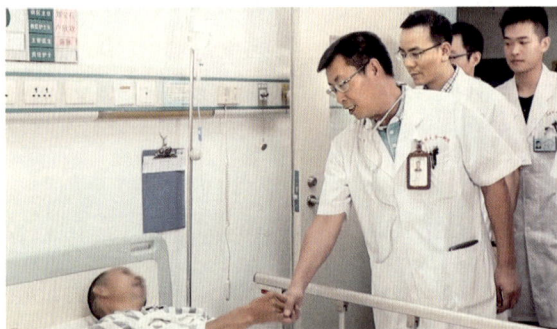

广西医科大学第一临床医学院第一附属医院大外科兼心胸外科主任郑宝石：

心脏大血管科应该是外科里面的一个特种部队，反映出这个医院的综合实力，手术难度大、手术强度大和风险非常高，稍不留神，可能一条生命就失去了。

广西医科大学第一附属医院的心胸外科是目前广西规模最大的心胸外科。2013年，郑宝石接过科室主任的重担后，大刀阔斧改革创新，把科室分成心脏病区、普胸病区，并成立了广西最早，也是目前唯一的心胸外科专科重症监护室病区，把科室的突破方向放在心脏大血管方面，不遗余力培养人才，研究先进技术，带动了整个大外科发展。

多年来，郑宝石主持广西自然科学基金项目4项，获国家级科技进步奖1项、省部级科技进步奖3项，培养硕士15名。

广西医科大学第一附属医院心胸外科重症监护室护士长莫丽勤：

郑主任经常跟我们说，我们是一个团队，要注重团队协作，还有尊老爱幼。在这样的温暖大家庭里面，我们干劲十足。

廉洁无小事。为了真正把廉洁从业落到实处，郑宝石以身作则，严守医德，严格执行医疗行风"九不准"规定。他常同科室同志们谈心谈话，要求不接受礼品和请吃，对塞红包的患者，悉心劝说。就这样，他亲身示范带动，带出了一支作风优良、能打硬仗的心胸外科队伍，创造了一流的业绩，守护着百姓健康。

广西医科大学第一临床医学院第一附属医院大外科兼心胸外科主任郑宝石：

我作为一个医生，我也是个党员，我要有我的职业操守、职业道德，我应该有责任有义务去努力为之奋斗，把这个广西的整个心胸外科水平带到一定的高度。

（来源：2019年1月4日，广西卫视《广西新闻》，广西台杨晓露、李杰）

# 邓碧凡：医者仁心　大爱济世

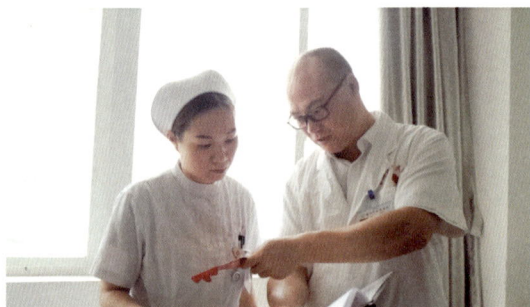

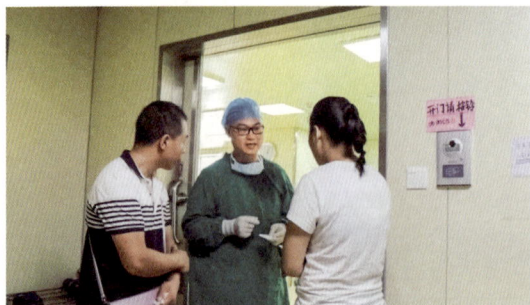

"对患者负责，就是对生命负责。"贺州市人民医院院长助理、耳鼻咽喉头颈外科主任医师邓碧凡在医疗卫生事业一线，用实际行动践行着一名共产党员的庄严承诺和白衣天使的神圣职责。

2017年3月15日，一名72岁的老人在吃鸡肉时，不小心被鸡骨头卡了，随即被送往医院救治。考虑到鸡骨头已经进入气管壁较深，为方便操作，邓碧凡跪在地上开始了手术，直到手术结束他足足跪了45分钟，最终成功将异物取出，让老人转危为安。而整个过程，被一旁的护士用手机拍了下来传到网上，赢得群众点赞。但邓碧凡觉得这是一个医生应该做的。

贺州市人民医院院长助理、耳鼻咽喉头颈外科主任医师邓碧凡：

作为一个医生，我们做任何一个手术，最重要的是把它做好。至于姿势，它不在我们的考虑范围之内。

多年来，坚持科技兴医，邓碧凡设计出一次性取出体内异物的器械，于2018年4月获得国家专利。无论是设立贺州市第一间儿童病房，还是建立耳鼻咽喉头颈外科医患微信群延伸医疗服务内涵，邓碧凡精湛的专业技术水平得到患者及家属一致好评。与此同时，邓碧凡坚守廉洁底线，筑牢道德防线。2016年除夕夜，邓碧凡连夜成功抢救一名气管异物危重患儿，家属感激不尽，将500元感谢红包强行塞给邓碧凡，邓碧凡当场拒绝，可家属放下红包就走。无奈之下，邓碧凡只好让护士长将红包打入患者的住院费。

贺州市人民医院耳鼻咽喉头颈外科主管护师莫翠：

当时我们拿着发票交到病人手中的时候，病人很感激，说邓主任真的是一个好医生。

邓碧凡用实际行动赢得了群众的信任和认可。多年来，先后荣获全国卫生计生系统先进工作者、第二届"白求恩式好医生"、"中国好医生"等荣誉称号，所在科室先后获"广西工人先锋号"、贺州市巾

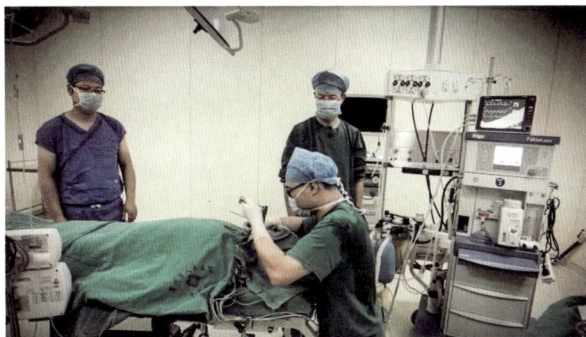

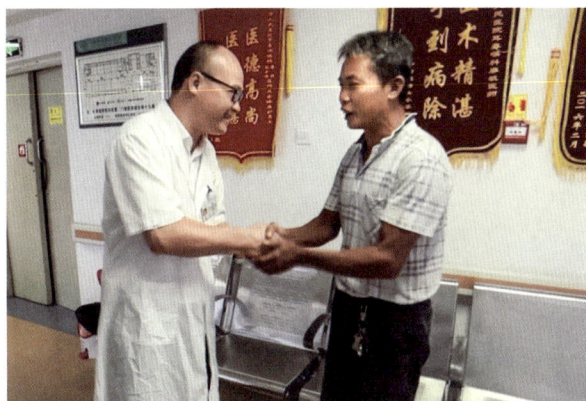

幅文明岗等荣誉。

贺州市人民医院院长助理、耳鼻咽喉头颈外科主任医师邓碧凡：

作为普通的医务工作者，我们奉献的最大动力（是）让老百姓健康有所依托。

（来源：2019年1月9日，广西卫视《广西新闻》，贺州台周培培、何惠敏，通讯员李明鲜）

# 陆弟敏：芒果"医者" 助拔穷根

种好"黄金果"，拔掉"穷根子"。为做大做强芒果产业，田东县芒果试验站站长陆弟敏扎根基层，踏实工作，不谋虚名，不踩红线，以共产党员的为民、务实、清廉，守护芒果产业的健康发展，倾情倾力服务乡村振兴。

每年8月芒果上市的季节都是陆弟敏最忙碌的时候，他几乎要跑遍田东的各大果园，帮助农民解决果树病虫害。芒果香甜，易招虫害，但是为了达到绿色食品标准，又不能使用农药，陆弟敏教农户们自制诱虫瓶，用环保

技术防范病虫害。

广西田东奔富芒果观光园负责人梁新平：

我们有什么问题，他都会很快地来帮我们解决问题。

田东县林逢镇林驮村村民黄大杰：

效果很好，收入有十几万吧。

陆弟敏连续多年参与百色市实施的"优果工程"升级行动和"百色芒果双百目标工程"，带领田东芒果试验站技术团队，坚持把产业扶贫作为脱贫攻坚的核心举措和主要途径来抓。如今，田东县芒果面积扩大到32.15万亩，优良品种覆盖率达93%，年产量达19万吨，产值约11.5亿元。全县共成立芒果合作社55家，芒果产业辐射带动28个贫困村，占全县贫困村总数的52.83%，已有累计超过1万人靠种植芒果摆脱了贫困。

全国人大代表，田东县芒果试验站站长、高级农艺师陆弟敏：

把我们集成的先进科学技术要领传播给老百姓，助力他们增产增收。

陆弟敏始终保持着脚踏实地的工作作风。近年来，田东县农旅融合的芒果企业蓬勃发展，陆弟敏作为当地首屈一指的高级农艺师，有企业想请他挂靠资质，但他坚决拒绝挂名牟利。参与灾情定损理赔勘测工作，陆弟敏坚守原则，实事求是。在金钱和利益面前陆弟敏保持定力、守住底线。

田东县芒果产业办农艺师黄月霞：

陆站长在工作中认真、严谨、负责，作风正派，是我们学习的好榜样。

全国人大代表，田东县芒果试验站站长、高级农艺师陆弟敏：

我是个从农村长大的科技工作者，我要服务好我们农村的经济建设。

（来源：2019年1月13日，广西卫视《广西新闻》，百色台黄亚熙，通讯员李明鲜、李锦鹏、马金成）

# 陆金莲：无私奉献光和热

她曾担任某国企团委书记、车间工会主席，后因企业破产下岗，到新闻单位从基层报刊发行员做起，兢兢业业奉献。无论身份如何转换、职业如何变化，她始终以一名共产党员的标准要求自己，满怀对工作和群众的热忱。她，就是广西日报传媒集团报刊发行中心主任助理陆金莲。

自1999年进入广西日报社发行中心成为一名一线发行员后，陆金莲每天凌晨3时起床，把报纸一份份送到订户家门口的报箱，随后又沿街售报，直到下午下班，工作几乎全年无休，但她做得快乐又充实。

2015年起，陆金莲担任发行中心主任助理兼任发行网络建设部经理。在一些重大报道时期，她主动加班加点。在党的十九大召开期间，陆金莲每天从凌晨3点忙到深夜，跟踪报纸印刷，全程运送当日的《广西日报》前往机场，确保及时送到身在北京的广西代表团手中。

为了提高报纸影响力，近年来，广西日报社联合部分窗口部门开展了

"早报帮办"和"大篷车"进社区活动，为社区群众提供各类现场服务。每次活动，陆金莲和同事们都积极配合，提前到现场布摊点、设展架、做宣传，把活动搞得有声有色。

广西日报传媒集团报刊发行中心主任助理陆金莲：

在报社同事们的共同努力下，《广西日报》2016年至2018年连续三年打破发行历史纪录，《南国早报》始终稳居全区都市类报纸市场占有率第一位。作为一名日报人，我感到非常骄傲和自豪。

陆金莲分管报刊订阅和发行工作，每年经手数千万元的报款和票据，她始终廉洁自律，做到资金账目清楚明晰、分毫不差。她还帮助财务部门认真核对排查发行

广西勤廉榜样先进事迹新闻宣传报道集

站上交的票据手续，对一线发行员在订报、零售过程中出现的疏漏进行及时纠正，对弄虚作假行为绝不姑息迁就，帮助报社挽回了近十万元的损失。

广西日报传媒集团报刊发行中心网络建设科副科长陈建军：

陆金莲讲道德、有品行，她在自身不断进步的同时，还不忘帮助身边的同事一起进步。她的刚正不阿、廉洁自律，是我们学习的榜样。

2006年，陆金莲入选《劳动者之歌》大型人物专题栏目，成为全国报刊发行业界唯一入选代表，并先后十余次获得全国、自治区和报社颁发的各类奖项，成为报刊发行队伍中当之无愧的先锋模范。

（来源：2019年1月16日，广西卫视《广西新闻》，广西台陈巧、李佳亮，通讯员李明鲜）

# 钟革：为儿童筑牢健康屏障

　　广西每年有新生儿童80多万名，国家规定需要接种免疫规划疫苗的6岁以下适龄儿童有接近600万名。21年来，广西疾病预防控制中心免疫规划所所长、党支部书记钟革情系儿童，冲锋在免疫规划一线，为广大适龄儿童筑起坚实的免疫防病屏障。

　　预约、接种、留观……不再拥挤，接种效率也更高效，这就是数字化预防接种门诊带来的实惠。眼下，钟革正带领团队积极推进"互联网+预防接种"工作新模式，在他们的努力下，广西已建成167个数字化预防接种门诊。

广西疾病预防控制中心免疫规划所所长、党支部书记钟革：

数字化的接种门诊会对每个小孩的信息进行匹配，质量控制更到位。

南宁市青秀区方园社区卫生服务中心主任卢俏玲：

以前我们社区卫生服务中心每小时的接种门诊量约25人次，数字化

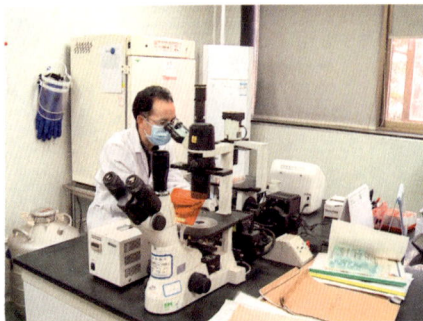

门诊建立以后，可以提高到每小时约45人次，提高30%到50%。

广西地属亚热带，极易发生传染病疫情。2016年，国家调整小儿麻痹症防控免疫策略，引入注射型脊髓灰质炎灭活疫苗。新疫苗一时出现短缺，在这种情况下，钟革带领团队经过充分论证，在全国其他省份尚无统一技术指导意见的情况下，紧急制订了广西的替代方案，使全区免疫规划工作顺利开展。

广西疾病预防控制中心免疫规划所所长、党支部书记钟革：

原来是注射的，我们把它调整为接种一个口服的脊灰疫苗，那么在后续的接种免疫程序里头，我们再给他补一剂这个IPV疫苗，先把这个免疫屏障给构建起来。

免疫规划疫苗接种全覆盖一直是钟革追求的目标。工作这些年来，钟革走遍了我区所有市、县（区），深入500多个乡镇调查指导，了解各地适龄儿童的预防接种工作，找问题、补漏洞。他还注重"传帮带"，带好队伍，目前，覆盖全区的五级服务网络已经建立。

广西疾病预防控制中心免疫规划所所长、党支部书记钟革：

广西通过40年免疫规划疫苗的接种，我们这一个疫苗针对的传染病，

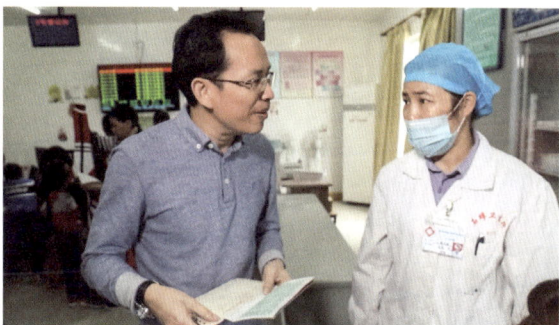

目前发病率跟死亡率都下降了95%以上。

　　以勤为本，护佑儿童健康；以廉为基，严守党纪国法。多年来，钟革始终坚守廉洁底线，抓好支部建设和党员教育管理，及时开展廉洁风险自查自纠，防止发生违纪违法问题。从2017年起，免疫规划疫苗采购工作由广西疾病预防控制中心免疫规划所负责，每年采购费用上亿元。为了管好用好资金，钟革和团队筑牢项目采购制度，严格廉洁风险防控流程，切实维护好国家和百姓利益。

　　（来源：2019年1月19日，广西卫视《广西新闻》，广西台许荣华、黄华强）

# 甘振忠：创新为安全　奉献守底线

　　"简单的事情重复做，重复的事情认真做。"这是南方电网广西来宾供电局变电管理所继保自动化专责甘振忠工作的真实写照。在以他名字命名的工作室里，有40多个研究成果，获得国家专利6项，软件著作权2项，其中"二次安措八字诀"在广西电网公司全面推广。

　　这天一大早，甘振忠接到通知，来宾110千伏建政站保护装置发生控制回路断线，他立即带班组成员赶赴现场。

　　南方电网广西来宾供电局变电管理所继保自动化专责甘振忠：

　　必须要严格按照我们"八字诀"的每一个步骤来进行我们的工作。

　　为了做好电网安全管控，甘振忠走遍工作现场，了解员工的作业行为和习惯，收集各类二次安措执行的标准、规范、规章制度多达20本，翻

遍了共计上万份图纸，最终提炼出"填、核、测、断、档、拆、记、封"等二次安措"八字诀"。

南方电网广西来宾供电局变电管理所继保自动化班初级作业员唐榕梧：

班组现在每个人出去作业都是严格按照"八字诀"来执行，能够有效地确保现场人身和设备的安全。

使用"八字诀"以来，甘振忠和班组在近2000次二次作业中，从未发生过安全事件，保护正确动作率连年实现100%。2016年，"八字诀"获南方电网公司金点奖大赛铜奖。

南方电网广西来宾供电局变电管理所主任兼党支部书记雷家宁：

甘振忠同志勇于创新研究一些行之有效的工作方法，很好地展现出了先锋模范的作用。

"知法于心，守法于行"，是甘振忠奉行的原则。他经常告诫自己，一定要清白做人，干净做事。有一次在进行一个变电工程验收的时候，施工单位想私下塞好处费给他，被他当场拒绝。

甘振忠还梳理出本专业各个领域的廉洁风险，并将廉洁风险防控融入日常工作。在负责和组织的80多个技改修理项目和70多个新改扩建项目验收工作中，他从未利用职权或工作便利谋取私利。

近年来，甘振忠带领班组共完成32条重大及以上缺陷消缺工作，承担完成急难险重任务56项，消除、化解各类风险118次。他带领的班组连续三年荣获广西电网公司"五星班组"、"青年安全生产示范岗创建集体"称号。

（来源：2019年2月3日，广西卫视《广西新闻》，来宾台吴海兰、麦毅）

# 方宗福：心装百姓事　勤廉为民情

　　在驻村的两年多时间里，他走遍了灵山县佛子镇元眼村的田间地头，心里始终装着百姓，助推贫困村脱贫摘帽并进入富裕村行列，他就是灵山县委组织部派驻佛子镇元眼村原第一书记方宗福。

　　灵山县佛子镇元眼村500多亩农田都靠眼前这口山塘灌溉，因为容量小，没有水源，是一口"靠天塘"，过去一到旱季就闹水荒。方宗福到村

里后，从"治水"开始，多方筹措了20万资金，修渠引水，保障了农田一年四季的灌溉。

灵山县佛子镇元眼村原村党支部书记袁治修：

方书记到我们村后做了好多事，我们村的道路、村的面貌、旅游等项目都做得很漂亮。

在两年多的任期里，方宗福跑项目、筹资金，发展集体经济，先后落实

项目33个，资金1300多万元，村容村貌焕然一新，被自治区评为"美丽村屯"。

灵山县佛子镇元眼村村民梁丽珍：

他不怕辛苦，有时做工的时候还不记得吃饭。

忠诚、干净、担当，是新时代党员干部的标尺，方宗福坚持从严律己、干净干事。2016年5月，在筹备建设元眼村文体中心时，一名建筑老板找到他，希望能承建工程，并表示可以先垫资，事成后有回扣，被方宗福当场严词拒绝。

灵山县委组织部干教股股长、驻佛子镇元眼村党组织原第一书记方宗福：

所有项目的实施，都必须符合法定程序，只要程序合法，谁来建设都欢迎，但是走歪门邪道就不行。

在方宗福和全村干部群众的努力下，元眼村从年集体经济收入不足万元发展到16万元，一步跨入"十万元经济大村"行列。从2016年开始，元眼村多次被选定为市、县脱贫攻坚观摩示范点，成为灵山县"十三五"时期贫困村脱贫典型示范村。2016—2017年，元眼村党支部连续两年被评为自治区"五星级党组织"。

2017年，方宗福荣获广西五一劳动奖章、全区优秀贫困村党组织第一书记，2018年荣获全国五一劳动奖章。

灵山县委组织部干教股股长、驻佛子镇元眼村党组织原第一书记方宗福：

做事情关键是用不用心做，用心做肯定做得好，每个时期每个岗位，都用心把事情做好，这就是我的目标。

（来源：2019年2月12日，广西卫视《广西新闻》，钦州台罗炼新，通讯员李明鲜）

# 黄伟杰：全心全意守护劳动者合法权益

凭着对劳动保障监察工作的执着和热爱，北海市劳动保障监察支队支队长黄伟杰严格执法，秉公办案，坚决对劳动违法案件"亮剑"，把党的政策阳光播撒到劳动者心坎上，全心全意守护劳动者的合法权益。

这是2017年北海市某建筑工地上一起劳动纠纷调解的工作现场。作为劳动保障监察干部，黄伟杰对这样的工作现场再熟悉不过了，为了帮助农民工讨薪，不仅要面对恶言恶语，甚至还会面临人身危险。

北海市劳动保障监察支队工作人员庞志：

项目负责人情绪比较激动，直接一个烟灰缸就砸到我们黄队的头上。

北海市劳动保障监察支队支队长黄伟杰：

这种情况的时候，是有点安全的隐患在里面的，但是我们都能摆平这种情况。靠什么摆平呢？靠我们训练有素，那些技巧、技能。

2014年1月15日，为了追回7名农民工被某楼盘工程承包方拖欠的8

万多元，还在病中的黄伟杰拖着虚弱的身体为他们讨薪。因为他知道，春节将至，领不到工钱，这些农民工就没法过好年。

北海市劳动保障监察支队支队长黄伟杰：

来投诉的时候包工头就逃逸了，我们迅速地找到包工头上面的分包公司、施工单位，然后迅速地理清了案情的线索，很快地帮他们（农民工）解决问题。

经过不断探索，黄伟杰创立了一套处理建筑农民工欠薪案件的工作模式，劳动保障监察先行调查取证，掌握案情，再紧密联合住建、公安等部门，充分发挥各部门职能，形成强大合力。2012年至今，他带领团队处理劳资纠纷案件1135件，为18430名劳动者追发被拖欠的工资1.8亿多元。

建筑工人苏华力：

感谢劳动监察同志们，能为我们农民工着想，帮我们把这个钱追回来。

工作中，黄伟杰严格要求自己和支队办案人员，恪守职业道德底线，不碰"糖衣炮弹"红线，保持清正廉洁。同时，完善规章制度，以制度管人，带出一支纪律严明、能打硬仗的劳动保障监察队伍。

北海市劳动保障监察支队支队长黄伟杰：

如果我们在这个红线上有瑕疵，我们办案整个体系就会崩溃了，所以这个红线是绝对不能碰的。

（来源：2019年2月14日，广西卫视《广西新闻》，北海台余永波、朱丽丽，通讯员李明鲜）

广西勤廉榜样先进事迹新闻宣传报道集

# 凌尚前：国境线上的忠诚哨兵

在那坡县207公里边境线上的天池国防民兵哨所里，有一位叫凌尚前的老哨长，他用38年的坚守唱响了一曲忠诚干净担当之歌。

天池国防民兵哨所坐落在海拔900多米的半山腰上，距国境线只有200米，它担负着守护11块界碑和连接界碑的8公里国境线的巡逻警戒任务。8公里是直线距离，到11块界碑的路却不是直线。界碑有的在山顶，有的在山谷，有的在山腰，这些地方本来没有路，是哨员们用双脚走出一条崎岖陡峭的羊肠小道，大约12公里

长。在这条边境小路上巡逻，往返一次至少24公里，38年来，凌尚前每周都要在这条巡逻路上往返两次，总路程相当于走了3次长征。38年来，凌尚前没想过离开，因为这里有他在执行任务时踩雷牺牲的战友。

百色市那坡县天池国防民兵哨所哨长凌尚前：

每次巡逻路过的时候，我都想起这个战友，而且回到哨所我就见到他的床铺，也同样想起他。如果我离开这个哨所的话，我就对不起这个战友和这块界碑，还有这个山头，还有这片土地。

天池哨所防区内有各种边境小道10条，是不法走私分子垂涎的黄金通道。从20世纪90年代初至今，他们想方设法，利用各种手段，腐蚀诱惑凌尚前，求他高抬贵手放一马。可他不吃这一套。

百色市那坡县平孟镇弄汤村村民隆世博：

凌尚前软硬不吃，就像天池哨所的花岗岩一样，走私犯想从他那里过是没有办法的。

多年来，凌尚前38次自觉抵制金钱物质诱惑，79次协助查获走私案件，58次截堵盗伐盗猎分子。在凌尚前的带动下，全哨所遵规守法，杜绝参与走私护私，拒绝介绍亲友做生意，自觉拒买走私物品。

百色市那坡县委书记黄林：

从他的身上也确实体现我们边境线上每一个村是一个哨所，每一个人是一个哨兵。

以哨所为家，持之以恒，凌尚前带领的天池国防民兵哨所先后4次被百色军分区评为"先进哨所"，荣立集体一等功1次、二等功2次、三等功5次，被自治区人民政府和广西军区授予

"英雄民兵哨所"荣誉称号。

百色市那坡县天池国防民兵哨所哨长凌尚前:

站岗放哨就是保家卫国,我要把这个岗一直站下去,干到我走不动的那一天。

(来源:2019年2月18日,广西卫视《广西新闻》,百色台,通讯员李明鲜)

# 黄礼：创新为民　传承勤廉

　　他是一位新时代创新型公安民警。从警16年，"服务跟着群众走""廉洁干净、求真务实"，是他的座右铭。他说，任何时候都要像爱护眼睛一样保持本色、坚守底线，履行一名共产党员的责任与担当。他就是南宁市公安局青秀公安分局中山派出所所长黄礼。

　　在南宁，民警黄礼和"黄礼微信警务室"知名度颇高。早在2013年，作为社区民警的黄礼创办了微信警务室，邀请居民、物业、保安等入群，通过微宣传、微服务、微调解、微调度、微破案"五微工作法"，实现快速、高效、低成本警务效果，这个"小创新"，解决了社区警务工作"大问题"，得到群众一致称赞。

　　辖区居民玉色肖：

　　在那个微信警务群里面，有什么事情可以及时地沟通，民警也很快地就回答了，真是很方便的。

南宁市公安局中山派出所所长黄礼：

服务跟着群众走，只有群众满意了，群众才会支持警务工作。

2017年，"黄礼微信警务室"在全国公安机关警务创新大赛中荣获铜奖。同年5月，黄礼任中山派出所所长。中山派出所管辖的是青秀区的核心区域，机关单位、大型医院、金融机构、学校、宾馆高度密集，黄礼带领所里的新班子成员逐个走访。一线问需问计，创新应运而生。中山派出所建立"值班领导坐堂制"和7个微信警务室，推行"一室四队"的警务新模式，通过一系列精细化管理，压实责任，提高工作效率。

南宁市公安局中山派出所副所长程杰林：

黄礼所长刚来的时候，为了了解不足，寻求建议，他放低自己的姿态去连续走访了一百多个单位，一年多来，我们案件明显减少了很多。

南宁市公安局中山派出所所长黄礼：

在这种精细化管理模式下，让人人有任务，个个有压力，把队伍活力全部调动起来，老百姓的衣食住行都要关注到。

作为所长，黄礼手上握有相当的权力。但在"熟人社会"里，黄礼始终保持清醒头脑，始终绷紧法纪这根弦。有熟人找他"开后门"，黄礼直截了当地说："你做违法的事，我照样查。"

南宁市公安局中山派出所所长黄礼：

权力是人民赋予的，那就要全心全意地为人民服务。

"传承勤廉、一心为民"，刻在黄礼心里。他用对党忠诚和为民情怀，树起了廉洁从警的示范标杆。2017年，黄礼被评为全国优秀人民警察。

（来源：2019年2月19日，广西卫视《广西新闻》，广西台周藤静、王国宽，通讯员李明鲜）

# 黄文毕：奋战在异国他乡的"锅炉王"

广西建工一安公司第二分公司副经理黄文毕，践行工匠精神、坚守项目一线，创造一流业绩，成为行业内响当当的勤廉无私"锅炉王"。

2018 年 12 月 25 日，黄文毕从泰国回来的第二天，他直接赶往公司伶俐智能制造基地考察，一批正在加工的设备几天后就要运往泰国。

广西建工集团第一安装有限公司第二分公司经理助理蒙政豪：

（黄文毕）都很认真地去检查，每个细节都要做得很好。

对于施工中出现的

技术难题，黄文毕喜欢攻关。在锅炉架拼装环节，他曾改变传统自制整体钢结构的做法，创新利用锅炉钢架顶上平台横梁做平台，为每台锅炉节约安装成本7万多元。

广西建工集团第一安装有限公司第二分公司副经理兼泰国公司副经理黄文毕：

我们是不断地学习，也是不断地总结。做一行，爱一行，精一行，坚持付出。

在泰国，黄文毕已负责了四个糖厂安装项目，每个项目都不断刷新泰国当地糖厂EPC总承包建设的速度记录。2016年，叻武里糖厂项目建设之初遭遇岩石爆破困局，工期一再延误，业界曾认定"这个糖厂要按时开榨几乎是不可能的"。

广西建工集团第一安装有限公司第二分公司党委书记钟子云：

黄文毕同志就率先垂范，以一股不服输的精神去把这个项目攻克下来。

工程建设资金量大，诱惑也多。为了规范采购流程，黄文毕带头拒绝供应商吃喝、旅游等邀请。

广西建工集团第一安装有限公司第二分公司副经理兼泰国公司副经理黄文毕：

我们不可能对不起公司对我们的信任，首先要带头，一定要把好这个关，这个就是责任。

广西建工集团第一安装有限公司党委副书记林朝华：

正是在他这种精神的影响下，我们一批又一批的员工迅速地成长起来，为"一带一路"的建设作出了更大的贡献。

（来源：2019年2月27日，广西卫视《广西新闻》，广西台陈娟、王国宽，通讯员黄健）

# 丘柳滨：金牌蓝领彰显工匠初心

他是广西"十大金牌工人"，享有"铣工大王"的美誉。通过刻苦钻研，大胆创新，他先后攻克众多技术、工艺、质量难题，发明了多项先进加工方法。《广西勤廉榜样风采》今天来认识金牌蓝领丘柳滨。

"走多路熟，工多艺熟"，这是丘柳滨的座右铭。2015年，公司一台德国进口设备的传动蜗轮损坏，丘柳滨主动承担任务，利用线切割加工出8种参数的样板，与完好的配偶蜗杆进行对比，得到准确的加工参数，再通过手工改制修磨专用刀头来加工，最后高质量地加工出了蜗轮，使设备恢复正常运转，为企业挽回了数万元的损失。

柳州五菱柳机动力有限公司修动车间机加工2组组长丘柳滨：

要进口从（德国）那边发货过来，最少要一个月的时间，最后我们通过半天的时间就把这个东西加工出来。

柳州五菱柳机动力有限公司修动车间员工覃祖汉：

丘师傅做事是一个精益求精的人，要求我们加工工件要有做艺术品的精神。

工作生活中，丘柳滨始终恪守"实实在在做事，清清白白做人"的人生格言。在生产用具采购中，面对供应商的宴请、送礼，他守得住清廉、抵得住诱惑。

柳州五菱柳机动力有限公司修动车间技术科机械组组长覃东列：

每一次招标的话总会有一些设备的供应商会去找他，请他吃饭，和他拉关系，每次都被他严词地拒绝，他这方面做得很好，我很佩服他。

柳州五菱柳机动力有限公司修动车间机加工2组组长丘柳滨：

经常会有设备供应商找到我向我打听技术协议、技术合同的相关内容，但是我觉得这些都是涉及公司的相关利益的，我都没有向任何人透露过一些内容。

2010年，企业成立了以丘柳滨名字命名的国家级劳模创新工作室，丘柳滨毫无保留地向青年工人传授技艺，近年来，他带领团队总结创造了多项成果，为公司节能降耗约1960万元。凭借过硬的技术，丘柳滨先后被授予"全国五一劳动奖章""全国技术能手"等荣誉称号。

（来源：2019年2月28日，广西卫视《广西新闻》，柳州台祁军、吴晓智、吕辉）

# 郑志明：做有价值的工匠

    广西汽车集团有限公司生产制造部装备制造技师、首席专家郑志明，带领团队刻苦钻研，通过技术创新改进，为企业创造了巨大效益。

    这位正在和同事们研究设备改进的就是被大家称为"郑大师"的郑志明。他每年自主研发项目数十项。大到机器人工作站，小到工装夹具，公司几乎每个生产环节都有他的发明创造。

    广西汽车集团工装制造首席专家、国家级技能大师工作室带头人郑志明：

    个人对机械这一方面还是很感兴趣的，这么多年一直做下来，所以我就能坚持。

    2014年，以郑志明命名的"国家级技能大师工作室"正式挂牌成立，加快培养技能型人才。2014至2018年，郑志明所在的装备团队完成工艺装备自主研制项目294项，为公司直接创造经济效益4000多万元。

广西汽车集团制造工程部装备制造车间班长莫传宽：

他是技能比较高，能够带领我们一起进步的大师傅，然后他在专业方面是非常厉害的。

在工作中，郑志明严守制度，廉洁从业。从业 20 年，他杜绝有偿采购，积极参与公司流程优化，所在团队所有采购都由采购部门进行 3 家以上招标，集体决策。

广西汽车集团制造工程部装备制造车间工段长谢评周：

供应商为了答谢他，邀请他吃饭，或者给他送礼，都被他一一谢绝了。

广西汽车集团工装制造首席专家、国家级技能大师工作室带头人郑志明：

我的原则是请吃饭不去，送礼不收。从我们共产党员来说，这块是我们的一个底线红线，是我们不能去碰的。

郑志明还带动团队一起做好廉洁自律工作。他严格管理工作室经费，把钱花在"刀刃"上，树立了一个基层技术人员的良好形象。

（来源：2019 年 3 月 18 日，广西卫视《广西新闻》，柳州台吴晓智、王颐、祁军）

# 许晓明：民族艺术传播者

她是孜孜不倦的民族文化守护者，也是推动广西文化强区建设的勤廉干部，她就是广西民族文化艺术研究院副院长、《民族艺术》主编许晓明。

作为民族民间文化研究者和传播者，许晓明每年都要花上大约3个月时间，深入偏远的少数民族聚居区调研。有一次她到田林县调研，背着15公斤的背包走了十几个小时山路，直至返程才发现脚指甲不知什么时候被石头撞伤脱落。

广西民族文化艺术研究院副院长、《民族艺术》主编许晓明：

必须要到田野中去观察，获得很多别人拿不到的一手资料，记载下来，为政府的文化决策服务，把我们广西的文化推向更美好的未来。

近年来，许晓明多次承担重大文化活动的组织策划和实施工作，出版一批合作专著，发表多篇民族文化艺术研究论文。与此同时，在《民族艺术》杂志开辟新栏目，获得学界较高评价。

作为双核心期刊和国家社科基金资助期刊的主编，许晓明清正廉洁，拒绝人情稿、关系稿。有一次，一名投稿作者从微信上给她发了6000块钱红包，她即刻就向上级党组报告。在她的带动影响下，《民族艺术》编辑部人人自律。

广西民族文化艺术研究院副院长、《民族艺术》主编许晓明：

如果我接受了，这就是一种受贿的行为，违反党纪国法。遵纪守法，这是最必要的一个原则。

广西民族文化艺术研究院研究员胡媛：

她对年轻学者是非常提携的，我觉得这是有所为；对你靠关系靠权之类的过来的，那你文章质量不行，那我就有所不为。

（来源：2019年3月19日，广西卫视《广西新闻》，广西台陈婧悦、吴新顺）

# 黄振林：无私无畏写忠诚

他政治坚定、无私无畏，近年来组织查办数百起案件，查处数十名处级领导干部，为国家挽回经济损失数千万元。他就是河池市纪委副书记、监委副主任黄振林。

前几个月，黄振林穿梭在金城江、宜州、环江、南丹4个县区的乡镇，检查扶贫领域腐败和作风问题专项治理工作。

工作中，黄振林坚持把纪律挺在前面，把握运用监督执纪"四种形态"，抓早抓小，对苗头性、倾向性问题提醒告诫，防止小毛病演变成大问题。他善于创新，善于突破大案要案。曾带队严查巴马瑶族自治县党委原副书记邓某利用职务谋取利益案、河池市民政局系列腐败案等重大案件。2015 年查处罗城仫佬族自治县原县长银某违纪违法案件时，他大胆提出采取异地"两规"措施的建议，成功突破了案件。2018 年 5 月，他带领专案组，全要素使用 12

种调查措施，严肃查处了河池城西征地拆迁系列腐败窝案，对 9 人采取留置措施，给予党纪政务处分 8 人，移送司法机关 12 人，顺利完成了监察体制改革试点工作后河池市首例自办留置案件。

河池市纪委副书记、监委副主任黄振林：

我们纪检监察（机关）以坚决的态度和有力的措施，把我们的查办案件的工作抓紧抓好。

既不放过一个贪腐者，也不冤枉一个干事者。近年来，黄振林坚持为担当者担当、为负责者负责，共为 17 名党员干部澄清事实，让他们放下包袱、轻装上阵，奋发有为干事创业。

凤山县委副书记韦海山：

听到、收到不实的举报以后，我们的心情非常沉重，黄副（书记）第一时间就启动了调查，我非常感谢黄副（书记）为我们澄清了事实，也鼓励我们以后继续大胆工作。

正人先正己，无私方无畏。作为一名纪检监察领导干部，黄振林给亲友定了一条"三不"铁律：案件的事不要问，求情的话不要讲，以权谋私的事不要提。他用忠诚、干净、担当诠释纪检监察干部的初心。

河池市纪委常委于晓江：

（他）不为情所动，不为利所惑，也不惧威胁所迫，依纪依法，坚持实事求是，客观公正地把这个案件查办下去。

河池市纪委副书记、监委副主任黄振林：

坚守干净这个底线，只有干净，才能够监督别人。


（来源：2019年3月23日，广西卫视《广西新闻》，广西台覃胜，河池台兰阳宽、覃舒培、马水雁，通讯员贝为超、廖文全、廖永松）

# 陈进：校准审计标尺　守护国家利益

　　他用精湛技能把准审计标尺，用廉洁从政校准人生标尺，在平凡岗位上认真守护政府投资安全，精心守护国家利益。今天的《广西勤廉榜样风采》，我们来认识玉林市政府投资审计办公室主任陈进。

　　一大早，陈进就和几名审计人员来到玉林园博园，运用RTK实时动态测量技术，对部分项目工程量进行现场核实。

　　玉林市政府投资审计办公室主任陈进：

　　我们的RTK内置有软件控制系统，能够自动实现多功能测绘。

在业务上，陈进勤于探索。他带领同事们不断创新审计手段，将广泛运用于产品设计和军事等领域的三维激光扫描技术运用到假山塑石项目的审计中，最终核减工程量2500多平方米，核减率38.6%，挤出了虚高的工程量水分，为准确核定工程量提供了可靠依据，提高了审计质量。

玉林市审计局党组成员总审计师梁武波：

在审计理论研究领域也颇有建树，这几年，他执笔完成了5个广西审计重点课题研究。

从门外汉变成行家里手。陈进先后参与59个审计项目，审计金额50多亿元，10年来，核减工程造价2亿多元。在工作中，陈进廉洁从审，恪守审计底线，他牵头制定《聘用中介机构协审管理办法》等6项制度，确定中介机构、专家聘用分离的原则。

玉林市政府投资审计办公室主任陈进：

作为资金的监护者，首先要保证自己的廉洁，保证审计的独立性。

玉林市审计局固定资产投资审计科副科长陈曼：

他的人品是值得尊重的，刚正不阿，勤政廉洁两袖清风。

筑牢思想和制度防线，守住廉洁底线。10年来，陈进坚持依法审计，对违法违规问题彻查到底、倒逼整改，移送案件近20件，并且以案促改，促进制度不断完善。

（来源：2019年3月31日，广西卫视《广西新闻》，玉林台刘秀军、刘捐捐、黎莉，通讯员李明鲜）

# 孙继光：国门城市"啄木鸟"

在我国与东盟唯一海陆相连的城市东兴市，有一位纪检监察干部一以贯之做实做细监督职责，时刻把纪律挺在前面，被称为"国门城市'啄木鸟'"。他就是东兴市纪委监委党风政风监督室主任孙继光。

作为党风政风监督室主任，孙继光每逢重大节日都要组织各种形式的明察暗访活动。已经多少次没和家人一起过节，连孙继光本人也记不清了。

东兴市纪委监委党风政风监督室主任孙继光：

纪检人就是敲钟人，只有对小问题以零容忍的

态度，坚持抓早抓小，才能够做到提前预警。

守住廉洁关，才能守好国门。2016年以来，东兴市深入开展边境口岸执法部门人员违规收取"好处费"问题集中整治专项行动。

在孙继光和同事们的努力下，东兴市边境口岸执法部门有8人主动退出违纪款88.05万元，全市有200多名党员干部主动向组织说清问题、讲明情况、交代问题。东兴市纪检监察机关把纪律和监督挺在前面，努力推动边境口岸执法系统形成风清气正的良好政治生态。

东兴市纪委副书记、监委副主任冯光云：

他做事情特别能够坚持，能够顶住压力，并且他平时对自己严格要求，严于律己，秉公执纪。

为了让党的政策落地见效，孙继光深入细致排查"死人家属领补贴"问题，发现46户边民存在家庭成员死亡后继续领取"0～3公里生活补助"，追责相关责任人6人。

孙继光廉洁治家，特别注重家风建设。他与妻子"约法三章"，他管"前门"，妻子管"后门"，不该吃的一律不吃，不该去的地方一律不去，不该收的坚决不收，真正做到清廉干净、廉洁治家。

这么多年来，有多名亲戚朋友同学请求"通融通融"，但孙继光始终不为人情所困、不为利益所惑，始终用严格履行监督执纪问责职责，生动诠释"国门啄木鸟"的真正含义。

东兴市纪委监委党风政风监督室主任孙继光：

在违纪违法问题面前，不论面对的是谁，都要坚持原则、铁面执纪，作为纪检监察干部，必须不畏权势、敢于监督，维护党纪国法的权威与尊严。

（来源：2019年4月9日，广西卫视《广西新闻》，通讯员李明鲜、黄雷文）

# 唐耀华：赤胆忠心的英雄刑警

从警九年，他打击犯罪，守护一方平安，用对党和人民的赤胆忠心，演绎了当代刑警的英雄本色。今天的《广西勤廉榜样风采》，我们来认识梧州市公安局刑事侦查支队反盗抢机动车大队副大队长唐耀华。

2016年12月2日，梧州市盛业大厦某电脑店发生了一起故意伤害致死案，店主被害身亡，犯罪嫌疑人作案后潜逃。如何在有限的信息中找到嫌疑人逃窜的踪迹，抓住黄金时机破案？时任梧州市公安局长洲区分局合成作战室负责人的唐耀华第一时

间带领战友全力开
展侦查工作。经过
33天夜以继日的
努力，"12·02"
命案告破，凶手被
抓捕归案。在担任
梧州市公安局长洲
区分局合成作战室

负责人不到两年的时间里，唐耀华带队破获各类案件260多起，抓获犯罪嫌疑人200多人。

梧州市公安局长洲区分局副政委龚鹏：

唐耀华同志通过平时的刻苦钻研，练就了"火眼金睛"，总结出了"唐耀华信息追逃法"，提炼出他自己破案的两大"法宝"——人力资源最大化和视侦实战法，得到了市公安局高度肯定并推广。

一名共产党员就是一面旗帜。唐耀华时刻牢记这一点，他严格遵守党中央的八项规定精神和公安部的五条禁令，始终保持共产党员的政治本色。他在办案纪律这个大是大非问题上，面对亲人求情，始终守住纪律底线；面对金钱诱惑，拒腐意志坚如磐石。

梧州市公安局长洲区分局合成作战室民警刘事承：

这几年来，因为求情而被他拒绝的少说也有十几二十人，但即便是亲戚朋友开口求情，他也没有忘记一名人民警察应有的职业操守，守住了纪律的底线。

梧州市公安局刑事侦查支队反盗抢机动车大队副大队长唐耀华：

作为一名人民警察，一名共产党员，关键时刻要站得出来，在人民群众有危难的时候，要豁得出去为党旗增光添彩。


（来源：2019年4月10日，广西卫视《广西新闻》，梧州台袁欣、黄伟，通讯员李明鲜）

# 李利：改革创新　勤廉为民

广西勤廉榜样先进事迹新闻宣传报道集

防城港市大数据和行政审批局副主任科员李利，创新推出系列服务，用小窗口展现大服务，获得群众点赞。

作为一名江苏籍的80后，李利硕士研究生毕业后离开上海，来到防城港市，一直在市政务服务大厅窗口服务。过去，由于对办理程序和相关要求缺乏了解，到窗口办事的群众往往申报资料和相关手续不全，跑两三趟是常有的事。2013年，在没有指导意见和规范标准的情况下，李利借鉴外地先进做法，先行先试，率先在窗口创新推出"容缺受理"，比广西全面推广政务服务"容缺受理"模式提前了5年多。

2013年至今，她办理"容缺受理"近4000件、"受理和取证寄送"900多件、"延时服务"2000余件，有效减轻了群众办证负担和成本。

防城港市大数据和行政审批局副主任科员李利：

群众都反映来我们窗口办事他感觉很容易、很方便，服务也很贴心，我会觉得很有成就感。

用心擦亮窗口，贴心为民服务。为了服务好大项目，李利加班加点已成常态。她对落户防城港市大项目专门开通"减材料、提速度、网络预审、延时间、约时间"5项绿色服务，赢得众多服务对象好评。

广西泓鑫物流有限公司特种设备管理人员杨国胜：

她了解到我们的罐车一领证即可运输，每次都加班加点地现场发证，促使我们企业提前1个月产生效益，感谢他们这种实实在在的服务！

李利始终"党纪心中记，廉洁身先行"。遇到群众要请客吃饭送礼品，她都一一谢绝。一次，在办理某企业申请"工作产品生产许可证核发"工作时，因为这家企业急需用证投产，为了能尽快领到证，来办证的业务员请求李利尽快办理，塞给李利一个信封，说是辛苦费，被李利当场拒绝。

防城港市大数据和行政审批局副主任科员李利：

严格要求自己一定要严守廉洁底线，我不管是正常地为群众办证，还是说加班加点，它都是我的职责所在。

在李利及同事的努力下，她所在的窗口先后获"全国组织机构代码文明服务窗口""广西青年文明号"称号。李利也成了防城港市优化营商环境中的标兵，先后荣获广西青年五四奖章等荣誉称号，并荣记广西公务员一等功。

（来源：2019年4月12日，广西卫视《广西新闻》，防城港台钟夏波、刘超，通讯员李明鲜）

# 陈上强：重任担当助脱贫　勤勉廉洁写忠诚

一名有着20多年工龄的警察，主动请缨，义无反顾地冲向桂西北扶贫最前线，脚踏实地矢志脱贫攻坚，勤勉廉洁书写担当忠诚。今天的《广西勤廉榜样风采》，我们来认识宜州监狱政治处主任、融安县桥板乡良老村原驻村第一书记陈上强。

虽然任期已经届满，但陈上强心里还一直惦念着良老村。2018年12月初，离任8个月后的他又来到村里回访。

宜州监狱政治处主任、融安县桥板乡良老村原驻村第一书记陈上强：

变化越来越大了，还

有村民的收入比原来好了，还是觉得自己做的还不够，还有很多（工作）还没完成。

良老村地处偏僻、交通闭塞，是脱贫攻坚难啃的"硬骨头"。2015年10月，到任后短短一个月时间，陈上强就走遍了良老村的13个屯599户人家，最终确定了173户贫困户676名贫困人口，提前完成精准识别工作。

融安县桥板乡良老村包村组成员覃鹏：

陈书记几乎每天一大早就出门，进村入户开展工作，直到晚上六点多才回到驻地。吃过晚饭后，还要加班加点把当天的材料整理完毕，如果不做完，他是不会休息的。

为了强化扶贫的"造血"功能，陈上强动员村民种植滑皮金橘，到处筹措资金成立了"丰果蔬种植专业合作社"，带领贫困户脱贫致富。

融安县桥板乡良老村良老屯群众覃世珍：

他在我们良老（村）两年多，为我们良老把道路硬化全部搞通，帮我们发展种金橘、砂糖橘、茶籽，每年发两回鸡苗和猪苗给我们养，使我们的生活有了很大的提高。

驻村期间，陈上强的妻子因罹患乳腺癌入院治疗。为了照顾妻子，他经常要村里和医院两头跑。尽管如此，他也从未耽误过村里的扶贫工作。

有村民上山采来灵芝，守在路边要给陈上强拿回去为爱人补身体，实

在推脱不掉，陈上强就按市场价掏钱塞给老乡。

融安县桥板乡良老村党支部书记覃世强：

陈上强书记在我们良老村工作两年多来，从来没有发生过一起违反廉洁纪律方面的行为，可以这么说吧，他是一个非常廉洁、正直的好干部，也是我们基层干部学习的楷模！

对于努力争取得来的1230多万元帮扶资金，陈上强严格遵守资金管理规定，防范扶贫廉政风险，认真制定扶贫资金项目使用计划报上级备案，资金统一由乡财政所集中管理，确保专款专用。

宜州监狱政治处主任、融安县桥板乡良老村原驻村第一书记陈上强：

扶贫资金是村里的救命钱，作为一名党员、村第一书记必须把它管好用好，真正解决村里的困难，让村民能够得到实实在在的实惠。

（来源：2019年4月15日，广西卫视《广西新闻》，河池台蒋黎、潘忻燕、黄龙元，通讯员李明鲜）

# 梁宇：妙笔写民生　铁肩担道义

贵港市港南区委宣传部副部长、区新闻中心主任梁宇，从事新闻宣传工作22年，扎根基层采写了许多正能量、重民生、接地气的新闻，唱响了当地经济社会发展的主旋律。

突发事件，冲锋在前。每年的台风季节，为了能将抗洪抢险新闻第一时间传播出去，梁宇总是不惧风雨火速赶往抗洪一线现场采访，顶烈日、冒风雨、水中行、泥中爬、险中攀，撰写了一篇篇新闻在各媒体播发，大大鼓舞了干部群众抗洪抢险、生产自救的热情和斗志。

贵港市港南区委书记

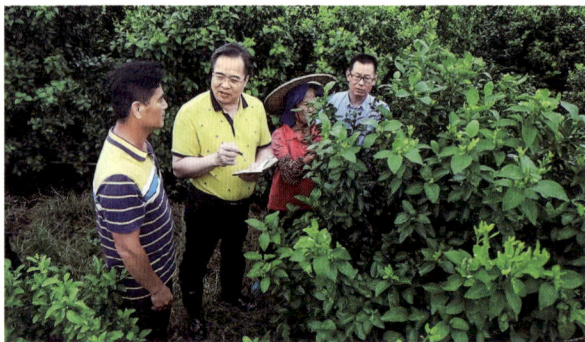

杨亚俊：

　　我在梁宇的身上，看到了一种廉洁从业、甘于奉献、向上向善、争创一流的精神风尚。梁宇同志着实为我们港南70多万的干部群众树立了勤廉的好榜样。

　　为了写好港南区推行村（社区）"两委"质询评议制度的新闻，梁宇深入港南区的木梓、瓦塘等镇的6个偏远乡村，获得了大量鲜活的新闻素材。回来后，梁宇不顾劳累，连续3个晚上构思、撰稿、反复修改至凌晨两三点钟。新闻稿被《广西日报》、《贵港日报》头版头条刊发，及时的对外宣传，促成了贵港市村（社区）"两委"干部作风及廉政建设民主质询评议现场会在港南区召开。

　　贵港市港南区委宣传部副部长、港南区新闻中心主任梁宇：

　　我是基层一名普通的新闻宣传工作者，尽心尽力做好我的本职工作，把港南的好声音好故事传播出去。

　　除了在本职工作方面兢兢业业，梁宇还积极担当起社会责任，热心社会公益。他多年来始终坚持扶持聋哑贫困村民小鲁，用自己的工资为小鲁购买生活用品，为小鲁送医送药。此外，梁宇十分关心家乡发展，连年策划举办春节篮球赛，是个名副其实的"篮球部长"。

　　"以廉为先，做好表率。"梁宇始终杜绝有偿新闻和虚假新闻，筑起廉洁自律的思想防线，拒绝报道对象的吃请、特产和辛苦费。

　　贵港市亨利来羽绒有限公司董事长陈绍平：

　　我觉得梁宇身上有一股勤廉之风。

辛勤耕耘收硕果，廉洁从业赢赞誉。20多年来，梁宇多篇作品获得国家和自治区级奖项，先后荣获"自治区优秀共产党员""广西自强模范""广西青年志愿者行动'新闻支持奖'"等荣誉称号。


（来源：2019年4月17日，广西卫视《广西新闻》，贵港台邓斌斌，通讯员李明鲜）

# 祝雪兰：心底无私　茶香世界

　　心底无私天地宽，她把祖传六堡茶制作工艺无偿传授给群众，带领瑶乡同胞勤劳致富；她"以茶话廉"打造教育平台清风茶社，积极探索监督执纪"第一种形态"的基层经验。她就是全国人大代表、梧州市苍梧县六堡镇山坪村党支部书记祝雪兰。

　　山坪村是梧州市苍梧县六堡镇最偏远的一个瑶族聚居村，虽然高山云雾气候能孕育出上好的茶叶，但在过去，参差不齐的制茶工艺，直接制约了当地茶经济的发展。2013年，祝雪兰创建了茶园讲堂，把自家厨房当作教室，向乡亲们无偿传授"三炒三揉"等自家手工茶的"祖传秘方"，逐步推广种茶制茶技术。

苍梧县六堡镇山坪村村委主任盘进东：

瑶族的六堡茶制作技艺一直是不外传的，祝支书能把这门技艺教给群众，这件事我很佩服她。

苍梧县六堡镇山坪村党支部书记祝雪兰：

我愿意把自己的青春年华都用在做大做强六堡茶产业这件事上，这也是我的一份责任。

拿自家的茶田"开刀"，祝雪兰率先对六堡茶进行低产改造探索，先后带动全村改造扩种六堡茶1000多亩，山坪村六堡茶的市场逐渐打开。2018年，全村人均年收入7000多元，其中4000多元来自种茶制茶。在山坪村的辐射带动下，六堡镇扩种六堡茶2万多亩，产量增加近三成。

苍梧县六堡镇镇长曹璋：

祝雪兰在六堡茶的传承技艺、低产改造、品牌打造方面，都做出她最大的努力。

近年来，祝雪兰积极争项目、跑资金，带领村"两委"谋划文旅结合发展的新路子。看到饮水工程、亮化工程、图书馆、篮球场等项目纷纷上马，极少数不明就里的村民认为祝雪兰有私心，并向上级举报。清者自清，上级有关部门调查核实发现，祝雪兰不但没有占用公家一分钱，服务中心楼的用地还

是她无偿捐赠的。

苍梧县六堡镇山坪村党支部书记祝雪兰：

勤廉是每个共产党员的立身之本，也是每个共产党员的行为要求。

如今，祝雪兰"以茶话廉"打造教育平台清风茶社，以廉洁自律带动村党支部抓管党治党主体责任落实，切实加强党员干部日常教育和监督管理。

（来源：2019年4月24日，广西卫视《广西新闻》，梧州台黄成林、陈浩，通讯员李明鲜）

# 黄肖：天平卫士护正义

继续来看《广西勤廉榜样风采》。从警20年来，崇左市中级人民法院法警支队警务科科长黄肖兢兢业业，在平凡岗位上用忠诚和敬业守护司法公正。

身为法警，黄肖在日常执勤中，经常会遇到情绪激动的当事人。关键时刻，他总是挺身而出。

2012年7月22日，崇左市中级人民法院立案庭法官对一起合同纠纷案件进行调解。因为对案件标的存在较大争议，调解被迫终止。走出调解室，情绪激动的双方当事人竟相互扭打起来。当时正在大厅巡视的黄肖，飞快地冲上前，用身体将双方隔开。在黄肖和法官们的耐心劝说下，冷静下来

的双方最终达成了和解。

崇左市中级人民法院法警支队警务科科长黄肖：

法庭上，哪里有状况，哪里有危险，哪里就有司法警察，我们要尽心尽力做到，保护庭审安全。

良好的警务技能和过硬的体能素质是法警尽职工作的保障。黄肖严格要求自己，努力提高警务技能，先后荣获"全国法院司法警察体能达标活动先进个人"等奖项。从警20年，黄肖带队提押看管（被告人）3635名，参与执行案件1835余次，协助执行超过2000次，曾经连续5年被评为先进工作者。

崇左市中级人民法院法警支队副支队长梁启强：

在工作中，学习中，生活中，他时时处处严格要求好自己，起到了良好的模范带头作用。

2012年，黄肖不幸身患肺癌，在治疗期间，全家经济一度窘迫。即便这样，他始终坚持原则。有人请他帮催债，许诺给予可观的费用，他不为所动。有人请他帮疏通关系、打探审判案情，他更是严词拒绝。幸运降临，黄肖的手术获得成功，经过休养，他又重新回到了法警岗位上。

崇左市中级人民法院党组成员、副院长韦简浩：

（黄肖）一边坚持跟病魔作斗争，一边坚持完成本职工作，体现了司法警察良好的精神风貌。

崇左市中级人民法院法警支队警务科科长黄肖:

我是一名执法者。在执法前沿,展示的是司法警察司法公正的良好形象,要做到防微杜渐,廉洁自律。

(来源:2019年5月3日,广西卫视《广西新闻》,崇左台黄一刚、岑祚福,通讯员李明鲜)

# 苏开德：进屯入户访贫问苦
# 满腔赤诚带民致富

　　继续来看《广西勤廉榜样风采》。一位七旬村支书，32年来进屯入户访贫问苦，田间地头服务群众，带领全村走上建设幸福宜居生态新农村的大道。他就是恭城莲花镇门等村党支部书记苏开德。

　　这条莲同公路是门等村连接外界的一条致富路。然而在修建之初，有群众不愿意配合征地拆迁。为了打开局面，苏开德主动将自己的土地兑换给征地户。

　　恭城瑶族自治县莲花镇门等村党支部书记苏开德：

　　群众看了我以后，最后都很配合了。

恭城瑶族自治县莲花镇门等村村民周觉人：

现在修好这条路以后，我们本地的经济也带动了，我们老百姓也享福了。

30多年来，他心系群众冷暖，奔走于山间田园。

他每次当选村支书都庄严承诺："我这个支书，要么不做，做就要堂堂正正地做！"2014年，一个贫困户获得危改补助款，他拿出2000元感谢苏开德，被苏开德严词拒绝。

恭城瑶族自治县莲花镇党委委员纪委书记何军：

（苏开德）非常的勤勉，这么多年来就没有拿老百姓的一分钱，可以说是一个勤廉的榜样。

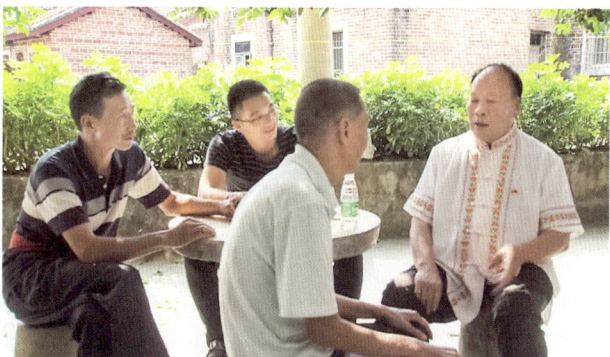

从2012年开始，苏开德积极提倡文明新风、改进村规民约。

恭城瑶族自治县莲花镇门等村村民贝翠萍：

办什么酒席，礼金不能超过200元，定了这个新规矩以后，我们（村）的风气都很好了。

苏开德完善股利分配模式，通过土地流转推进现代农业发展。目前全村月柿标准化种植面积超过2000亩，仅月柿收入村民年人均增收近12000元。

他无偿拿出自己的土地建设旅游公厕，带动发展乡村旅游。如今，门等村成为远近闻名的旅游村。

恭城瑶族自治县莲花镇门等村党支部书记苏开德：

既然你们这么多人还是信任我相信我，我就会一步一个脚印把你们带上富裕之路。

（来源：2019年5月4日，广西卫视《广西新闻》，桂林台刘洪波，通讯员李明鲜）

# 翁敦贤：攻坚克难攀高峰　清正廉洁身心正

　　从业20多年来，他带领技术团队攻坚克难，在地质勘察事业中发挥共产党员的先锋模范作用。他清正廉洁、慎独慎微，成为大家争相学习的勤廉榜样。他就是广西二七二地质队副队长兼总工程师翁敦贤。

　　1997年大学毕业后，翁敦贤一直从事地质灾害治理、找水打井、岩土工程等专业技术工作，已先后独立负责完成及参与技术资料审核项目600多个。南宁吴圩机场T2航站楼、南宁轨道交通工程、粤桂合作特别试验区等工程勘察项目以及广西农村饮水安全找水打井工作等一大批国家、自治区重点项目的建设都凝聚着他和团队的辛勤付出，一个个工程难点变成了工程亮点。

　　广西二七二地质队队长闫清武：

　　翁敦贤展现出的个人技术非常全面，所以超过1000万元以上的项目基本上都由他来组织实施，我们的服务对象都是很放心的。

在广西"十二五"农村饮水安全找水打井项目工程中，翁敦贤充分发挥专业技术特长，精心设计工作方案，仔细甄选技术骨干。在他的带领下，找水打井队伍表现突出，圆满完成120个缺水村屯1∶10000水文地质调查，出水成井110口，圆了5万多名群众的安全饮水梦。

广西二七二地质队副队长兼总工程师翁敦贤：

严格按规范进行选点、钻井、成井、抽水试验，保证了施工质量，以技术服务的形式为贫困地区做实事。

日常生活中，翁敦贤不讲排场，厉行节约，在单位发起了技术资料内部审核电子化审查方式，减少资源浪费。他不但自觉做到遵纪守法，还经常提醒亲人和同事讲纪律、守规矩。

广西二七二地质队计财科科长张美荣：

他不但自己带头遵纪守法，还提醒我们，作为一名党员要把党纪国法刻在心中，时刻自律自警自省。

翁敦贤负责的6个项目获得中国有色金属建设协会部级优秀工程勘察奖，10个项目获得自治区优秀工程勘察奖，个人获得"全区工程地质勘察岩土工程技术状元"、"广西技术能手"和广西地矿系统"最美地质队员"、"广西五一劳动奖章"等荣誉称号。

（来源：2019年5月5日，广西卫视《广西新闻》，广西台黄舜、胡文豪）

广西勤廉榜样先进事迹新闻宣传报道集

# 黎静华：教学科研两相顾　学高为师身为范

她17岁考上大学，32岁成为广西大学最年轻的博士生导师；她主持和参与了多项国家科学基金项目，多篇科研论文发表在国内外顶级期刊；她把每一位学生都看作璞玉，倾注匠心去雕琢。她就是广西大学电气工程学院博士生导师黎静华。

广西大学电气工程学院教授、博士生导师黎静华：

咱们来理一下科技部的这个项目经费的进展情况，大家在规划经费使用的时候，要实事求是，尽可能节约我们的经费的使用。

长期坚守科研一线，

主持和参与了不少课题和项目，但对每一项科研经费的管理，黎静华从来都不含糊。她定期对项目经费的使用进行梳理，仔细审查，杜绝乱报虚报项目经费。

广西大学电气工程学院教授、博士生导师黎静华：

我一直认为这个科研经费就是拿来做科研的，真正为科研服务能够做出成果需要的，而不是为了自己改善自己的生活。

在广西大学电气工程学院，黎静华对学生是出了名的严谨和认真。工作12年来，她诲人不倦，每一年都有学生荣获国家奖学金。

广西大学电气工程学院研究生韦善阳：

黎老师认真负责，对学生又十分关爱。在帮助我们修改论文的时候，老师都会对论文里面的每一处的错误都指出来做了批注，然后让我们回去认真修改，做人做事做科研都树立了一个榜样。

不论是在国外学术交流期间，还是在国内参加科技重大研发计划，对科研的赤诚之心，激励着黎静华夜以继日，刻苦钻研。多年来，她作为技术骨干，主持和参与了国家科技重大专项、国家重点研发计划、国家自然科学基金等10多个科研项目，获批国家发明专利15项、软件著作权4项，发表EI、SCI论文40余篇。2018年6月，刚刚出了月子的黎静华毅然放弃产假，回到了她心爱的实验室和学生当中。

广西大学电气工程学院教授、博士生导师黎静华：

不能因为我个人，把项目耽误了，那生产就耽误了。我也经常教育我的学生，一定要以责任心做人，以上进心做事，以事业心来规划自己的人生。

广西大学电气工程学院党委副书记、纪委书记梁志坚：

黎静华教授一直保持廉洁朴素的作风，在教学科研上取得了很优秀的成绩，是我们学院一名年轻有为德才兼备的骨干教师。

（来源：2019年5月6日，广西卫视《广西新闻》，广西台阳映、彭峰）

# 莫建英：水文人要像水一样清澈透亮

"水文人以江河为伴，要像水一样清澈透亮，才有资格做她的守护人。"从20岁那年起，她就在水文站驻守，她把最美好的青春年华奉献给江河，让人生的价值在平凡的坚守中实现。她就是桂林市水文水资源局站网监测科科长莫建英。

桂林水文站是珠江流域西江水系桂江的重要控制站，承担桂江上游漓江河段的水文监测任务，属国家重要水文站点。16年来，莫建英以满腔的热忱和强烈的责任心，奋战在水文测报一线，从一名普通技术员，成长为全区水文战线的技术骨干和能手。

桂林市水文水资源局站网监测科科长莫建英：

作为新一代的水文人，在工作中，首先要提高自己这个管理水平，还有组织能力；其次就是要提高业务水平，朝着一个目标去奋斗，要向省一级或者是国家一级的水文专家看齐。

2012年，莫建英代表广西参加第五届全国水文勘测技能大赛。为了争取实现广西水文在大赛中获奖零的突破，从当年6月份开始，她就把不满3岁的儿子交给爱人照顾，全身心投入到紧张的封闭训练中。功夫不负有心人，11月，莫建英荣获大赛二等奖，广西水文人第一次站到了全国水文勘测技能大赛颁奖台上。多年来，莫建英潜心钻研、刻苦学习，多次荣立个人三等功，荣获"全国水利系统先进工作者""学习型党员"等称号。

桂林市水文水资源局站网监测科科长莫建英：

我们应当在工作中立足岗位，爱岗敬业，在实现事业价值的同时，也能很好地实现我们的人生价值。

莫建英心中不仅竖着水位尺，更树立着纪律戒尺。她负责管理桂林市历年水文资料。有些公司为了拿到水文资料，走私人关系或者直接说明给好处，希望她能开个后门，莫建英都以"水文资料是重要文献资料，有些还是国家秘密，如果真需要可以走正规程序办理获取"为由严词拒绝。

桂林市水文水资源局局长蒋立新：

莫建英同志做每一项工作都认认真真，我觉得像她这样勤勤恳恳、努力创新的人才，一定会实现她人生的理想。

（来源：2019年5月8日，广西卫视《广西新闻》，通讯员李明鲜、黄建义、骆远柱）

# 庞群锋：敢于挺纪亮剑　严于坚守底线

博白县纪委副书记、监委副主任庞群锋创新监督方式、提升监督实效，履行好监督这个首要职责，让监督"带电""长牙"，推动维护和净化良好政治生态，彰显了新时代纪检监察干部的本色。

记者到博白县采访时，庞群锋正和科研人员一起，研究升级民生资金大数据监督平台。2011年，博白县委、县纪委探索监管好民生资金新举措，扎实推进脱贫攻坚战。庞群锋作为具体组织实施者，带领办案人员进村入户调研，找准监督的关键节点，研发出具有全国领先水平的民生资金监督平台。

博白县纪委监委党风政风监督室主任廖丽华：

他是一个业务的多面手、全能（手），破解问题难题的方法

比较多。

监督平台运行以来，监督民生资金85.4亿元，做到监督挺在前面。平台通过大数据比对分析，发现低保、危房、水库移民后期扶持等资金隐藏的问题线索1241条，转立案483件，纪律处分483人。2015年6月，国务院研究室专题调研组到博白县调研，撰写了《利用电子动态监督平台对涉农资金全过程透明监管》的经验总结，对民生资金监督平台充分肯定。

庞群锋坚持严管和厚爱结合、激励和约束并重，他结合实际主动推进县委权力公开透明运行工作、"四个一"公开接访制度。他善于攻坚克难，2011年以来主导查办案件175件。他善于发挥监察建议书的监督利器作用，2018年以来发出建议书17份，压实党风廉政建设主体责任，防止党员干部小错酿成大错。

博白县纪委副书记、监委副主任庞群锋：

我们发现，县扶贫办对扶贫资金监管有漏洞，我们紧盯不放，督促县扶贫办查堵漏洞。

博白县扶贫办主任朱其庚：

幸亏庞副书记他们及时谈话提醒，我们（才能）避免犯更大的错误。

庞群锋还敢于为受到错告诬告的党员干部澄清事实、撑腰鼓劲，激发和保护其干事创业的积极性。2018年该县受理信访案件255起，已澄清失

实信访举报件74件。

博白县纪委副书记、监委副主任庞群锋：

做人做事要对得起党，对得起组织，对得起自己的良心。

从事纪检监察工作13年来，身处反腐一线的庞群锋心如明镜，面对涉案人员的糖衣炮弹、威逼利诱，他坚决守住廉洁底线，守护利剑不蒙尘。

博白县委常委，县纪委书记、监委主任陀勐：

他以实际行动诠释着纪检监察干部"忠诚、干净、担当"的铁军形象。

（来源：2019年5月13日，广西卫视《广西新闻》，玉林台庞小妹、龚干峰，通讯员李明鲜）

# 手术刀尖上的"战士"

## ——记广西医科大学第一附属医院心胸外科主任郑宝石

"患者健健康康地走出医院，是我最大的心愿。"从医26年来，广西医科大学第一附属医院（以下简称广西医科大一附院）心胸外科主任郑宝石始终对群众怀着无私的真挚情感。

如果把医生比作和死神战斗的士兵，心胸外科医生就是特种兵。在手术刀的刀尖上，郑宝石像一名战士，挽回了无数患者的宝贵生命。在廉洁从医的底线上，郑宝石像一名战士，捍卫了人民医院的"人民"含义。

郑宝石教授（中）在指导医疗方案

# 敢为人先　战胜死神

"您身体现在怎么样？"12月14日，广西医科大一附院对南宁某中学80多岁的谢老师进行电话回访。

"郑主任医术高超，我恢复不错！现在每天都锻炼，我要活到100岁呢！"谢老师笑声朗朗。

一年前，因主动脉瓣重度关闭不全及狭窄，谢老师被多家医院下达病危通知书。他不甘心，在家人陪伴下找到郑宝石。但采用正中开胸、体外循环的传统手术方式，年迈体弱的谢老师承受不了。

刚深造回来的郑宝石，提出采用经心尖导管主动脉瓣置入术。这是全新的手术理念，在广西没有实践先例。面对未知风险，备受病魔折磨的谢老师决心"搏一搏"。

经过一个月精心准备，郑宝石把操作程序、手术技巧在头脑中过了上百遍，带领团队满怀信心走进手术室。他在患者胸口开个小孔，利用射线定位及B超引导，使用导管从心尖进入心脏，完成更换心脏瓣膜的手术。

成功了！郑宝石完成这例手术，填补了广西在该领域的空白。最让业界惊叹的是，整个手术过程在患者心脏跳动的情况下完成，只用不到40

郑宝石教授（左一）在进行临床教学

分钟。

术后 3 天，谢老师就下床活动了。他握着郑宝石的手，热泪盈眶："没有您，我熬不过去了。谢谢您！"

敢为人先，是"战士"本色。在郑宝石带领下，广西医科大一附院成功完成 6 例经心尖导管主动脉瓣置入手术，居华南地区之首。郑宝石潜心研究先进技术，主持广西自然科学基金项目 4 项，获国家级科技进步奖 1 项、省部级科技进步奖 3 项，培养硕士 15 名。

## 敢于担当　呵护生命

性命相托，这是患者对医生的信任。郑宝石十分珍惜群众信任，一次次搀扶着患者成功走过生命的"独木桥"。

几年前，灵山县一个妇女领着患严重先天性心脏病的 7 岁儿子慕名找到郑宝石。孩子只有单心室，生命十分脆弱，必须接受高难的改良房坦心脏手术。

生死一线间。这类手术风险极大，差之毫厘，患者就下不了手术台。如果出现意外，就容易引发医患矛盾，作为医生更是承担着生命之重。患者只有母亲陪同，母亲能做主吗？

患者母亲看出了医院的顾虑，立即跪下，哭着说："他爸去打工挣医疗费了。如果孩子回不去，我们决不怪你……"郑宝石赶紧把对方搀起。

从她噙着泪水的眼睛里，郑宝石读出了信任和坚强，他说："好，我们共同努力！"后来，郑宝石说："她打动了我，我得为宝贵的生命搏一搏。"

郑宝石的"搏一搏"，有强大的技术支撑。作为医学博士、广西心胸外科领军人物，他在医院党委支持下勇敢地担当起来。他带领团队奋战了 10 个小时，成功实施了手术。

患者走过了生命的"独木桥"！在患者母亲的强烈要求下，郑宝石破例与母子俩照了一张相。后来，患者母亲专程来感谢医生，说："儿子参加学校长跑运动啦！"

郑宝石教授（右二）在备课中

救死扶伤，就要敢于担当。郑宝石说："我们不担当，很多患者撑不了多久。敢担当，患者就能挺过来。"近年来，郑宝石每天带领科室做10多台手术，用责任和担当谱写生命赞歌。

## 心无旁骛　风清气正

"医无德者，不堪为医"，是郑宝石的座右铭。他说："只有专注于治病救人，才能实现医生自身价值，而不是红包和回扣。"

郑宝石坚守内心的信仰，坚守底线。有一年所在科室收治一名心脏病患者，手术前，家属硬给郑宝石塞红包。

"您误解了，我们都不收红包。您放心，我们一定把人救回来。"郑宝石说。他了解到患者住院期间因家庭困难天天喝粥，营养跟不上，郑宝石马上和同事商议为患者捐款。当捐款送到患者床头时，患者哭了："没想到，医生还给我捐钱。"

今年8月，郑宝石成功地给一名患者动了手术。患者家属直接到办公室送红包，被拒绝了。家属揣摩可能是办公室人多，医生不敢收。家属就守在走廊，看准郑宝石上洗手间，就追了进去。郑宝石诚恳地说："救人是医生天职，我坚决不能收。"

郑宝石示范引领，整个科室同志廉洁从医，坚决抵制药品回扣、医疗器械采购潜规则。他欣慰地说："现在医院的规章制度越来越健全了，我们带队伍的压力小很多了。"科室挂满患者送来的锦旗，郑宝石说："人民群众的认可，是最大的'红包'。"

郑宝石教授（左）在广西电视台大型健康科普栏目《医科全说》作讲座

（来源：2018年12月25日，广西新闻网，李明鲜）

# 心底无私　茶香世界

## ——记苍梧县六堡镇山坪村党支部书记祝雪兰

因为无私，她把祖传六堡茶制作工艺无偿传授给群众，就为六堡茶能走向世界。

因为无私，她一身正气打造"以茶话廉"教育平台清风茶社，就为带领乡亲实现瑶乡致富梦。

心底无私天地宽。她就是全国人大代表、苍梧县六堡镇山坪村党支部书记祝雪兰。

祝雪兰（中）指导茶农分拣茶叶

祝雪兰（中）教授茶农掌握六堡茶发酵技巧

## 祖传技艺上了"茶园讲堂"

六堡茶是我国黑茶的佼佼者，核心产地就在苍梧县六堡镇。其制作工艺被列入第四批国家级非物质文化遗产代表性项目名录，非遗传承人祝雪兰就掌握着祖传六堡茶制作工艺。

"我要把六堡茶制作工艺传授给大家。"在2013年家庭会议上，祝雪兰说了自己的打算。全家愣住了。儿子说："传家宝拱手让出去，我们家怎么办？"

"我是村支书，得考虑全村发展啊！"祝雪兰说。她开导全家："种茶制茶是条好路子，我们不把制作工艺传授给大家，全村人靠什么走出六堡大山？"

舍小家顾大家，是一种情怀。2008年任村支书以来，祝雪兰一直琢磨让全村过上好日子。全家都知道，各家各户制茶手法不一，茶叶质量参差不齐，各自为战很难闯出名堂。全家人被祝雪兰感染了，最后都赞同她的想法。

就这样，祝雪兰创建了茶园讲堂。她和家人传授"三炒三揉"等制茶诀窍，逐步推广种茶制茶技术。村民黄雪清60多岁了，祝雪兰就上门传授技艺，还帮她销售茶叶。黄雪清乐了："现在种了3亩多，一年2万多元收入。"本地六堡茶企业和外地茶商慕名前来取经。祝雪兰热情传授，她说："大家都来推动，六堡茶发展道路便更宽广。"

抱团发展，做大做强。祝雪兰带领全村改造扩种1000多亩茶园。今年5月，她注册了"雪兰云雾六堡茶"品牌。有了技术和品牌支撑，六堡茶价格逐年攀升。社前茶2013年每公斤300元，今年提高到400～600元。

祝雪兰授人以渔，带领全村走上致富路。去年全村人均年收入7000多元，其中4000多元来自种茶制茶。在山坪村辐射带动下，六堡镇扩种六堡茶2万多亩，产量增加近3成。

## "梧州六堡茶"走向世界

山坪村是六堡镇唯一的少数民族聚居村。祝雪兰发现，游客对茶文化和瑶族文化特别感兴趣。她带领村"两委"开始谋划文旅结合发展新路子。

2013年，祝雪兰当选为全国人大代表，矢志推动六堡茶产业和旅游业发展。她提出农村基础设施、林地改革、农业产业扶持等6条建议，以基础先行推动六堡茶产业和乡村旅游发展。

随后，她带着村"两委"大兴基础设施建设。2017年，她争取到近千万元项目扶持资金。目前，在翠绿的茶山上建成风雨栈道和观光亭。村里还组建瑶族文化文艺队，举办了瑶族文化节。全村加紧打造瑶寨新形象，激活乡村旅游带动新一轮发展。

祝雪兰（右）向村民传授六堡茶种植及管护知识

祝雪兰在揉捻茶叶

发展眼光，放得更远。2018年祝雪兰再次当选为全国人大代表，她在全国两会期间提出打造"茶船古道"的建议。她一往情深地说："1500多年前，六堡茶在'茶船古道'上，成为海上丝绸之路的重要商品之一。如今，在六堡镇重新打造'茶船古道'，一定能更好地打响六堡茶的品牌，重塑千年六堡茶的辉煌。"

祝雪兰的建议得到高度重视。梧州市进一步挖掘、传承"茶船古道"文化，促进区域文化旅游合作。今年9月，2018年中国（梧州）六堡茶暨广西岭南风情文化旅游周开幕式在六堡茶文化展示馆举行，祝雪兰带领乡亲们向来自全世界的客人推介六堡茶。

六堡茶声名鹊起。随着"一带一路"建设深入推进，六堡茶沿着历史上著名的"茶船古道"远销东南亚，成为"侨销茶之王"。2017年，梧州市六堡茶茶园发展到近10万亩，产量超1.35万吨，综合产值近40亿元。2018年"梧州六堡茶"区域公共品牌价值评估为20.17亿元，跃升至广西茶类第二名。

## "以茶话廉"弘扬清风正气

全村六堡茶产业发展和基础设施建设卓有成效，得到广大干部群众充分肯定。2016年初，祝雪兰争取到项目资金建设村公共服务中心。眼看大

祝雪兰（中）向年轻人传授六堡茶茶艺

楼拔地而起，有极少数不明就里的村民认为祝雪兰有私心。

有人举报来了——"祝雪兰把自家一块地高价卖给村里建服务中心大楼"，"祝雪兰不知道收了包工头多少好处费"……村廉洁工作站监督员很快就将举报线索报告镇纪委。上级党委、纪委高度重视，指派镇纪委书记带领调查组核实。

清者自清。调查查明祝雪兰没有占用公家一分钱，举报她收受好处费纯属捏造。更让人肃然起敬的是，服务中心楼用地还是祝雪兰无偿捐赠的。纪检监察机关按照规定为她澄清事实。有人问她有没有觉得委屈，她爽快回答："党员干部就要经得起深查细究。"

不仅如此，市纪委在调研中发现，祝雪兰以廉洁自律带动村党支部抓管党治党主体责任落实，并结合六堡茶文化特色打造"以茶话廉"教育平台清风茶社，探索出一套运用"第一种形态"的基层监督经验。

（来源：2018年12月28日，广西新闻网，贝为超）

# 自己多辛苦　群众少跑路

## ——记防城港市行政审批局干部李利

群众带资料到审批窗口办事，难免缺这缺那，工作人员该怎么办理？防城港市行政审批局干部李利作出示范：创新推出"容缺受理"等便民服务，实现群众办事"最多跑一次"。

群众办事满意了，想送这送那，党员干部该怎么处理？李利又作出示范：用"白袍点墨"典故警示自己，严守廉洁底线。

受到暖心服务和高效发证的企业向李利（前左）送上感谢信

广西勤廉榜样先进事迹新闻宣传报道集

包容群众"缺"，不容自己"污"。李利在小窗口展现大服务，成为全市优化营商环境标兵，先后荣获广西五四青年奖章，荣记广西公务员一等功。

# 创新推动群众办事"最多跑一次"

李利是安全质量审批科窗口干部，负责特种设备、安全生产的行政许可发证业务。她看到不少群众对审批要求缺乏了解，申报资料不全，常常要跑两三趟。

群众跑了冤枉路、误了事，李利看在眼里、急在心上。2013年，李利在单位支持下"摸着石头过河"，推出"容缺受理"服务：办事群众材料不全时，窗口先收下合格材料，之后群众回去通过扫描传真、发邮箱等方式补充材料。

这样，群众就少跑一趟。防城港某公司员工刘春雷对此感触尤为深刻。有一次，他赶到窗口办理业务，漏带了一些材料，正准备"折返跑"。李利叫住他："同志，您这种情况可以'容缺受理'。"刘春雷又惊又喜，审批业务就这样办成了！

"容缺受理"便民利企，看似简单却折射出行政服务理念变被动落实为主动改进。这一创新，比全区全面推广政务服务容缺受理模式提前近5年。

快点，再快点。2015年初，李利积极学习区外组织机构代码证实时赋码经验并进行再创新，将"组织机构代码证核发"提速为即办件，实现了再提速，让群众申请办证立等可取。

"能快就不要慢，能简就不要繁。"这是李利的理念。有一次，群众抱怨说："交材料来回要2个多小时，领证又来回2个多小时，太费时费力费钱了。"李利以群众呼声为第一信号，又琢磨服务创新。

李利再"吃螃蟹"，2013年底在政务大厅率先推出"受理和取证寄送服务"。先由群众将申报材料邮寄到窗口，审批出证后，再由窗口将证书寄给群众。群众办证由"少跑腿"实现"零跑腿"。

李利的一系列创新，破解了窗口服务普遍性难题，在为群众减负、提

李利（左三）到企业检查特种设备安全质量

高效率上取得一个个突破。4年来，她办理"容缺受理"3000多件、"取证寄送"820多件，办件提速率超过90%。

## "绿色服务"助力北部湾建设

近年来，广西北部湾经济区开放开发风生水起，许多重大项目落户防城港。为服务好项目建设，李利2014年推出"减材料、提速度、网络预审、延时间、约时间"绿色服务。

对当年度需要多次到窗口办事的企业，通用材料只收取一次。另外，对批量办理的业务，她提前指导企业随机选取几台设备的申报材料通过邮箱传输给她。待材料预审达标后，再告知企业正式提交纸质材料到窗口办理，提前实现网上预审。

"窗口高效服务，为企业发展赢得先机。"广西某公司特种设备管理人员林国胜说。有一次，他联系李利，希望快审快批。李利马上提供"减、提、延"服务，现场审批、现场发证，让该公司提前1个月投入运营，并将所有移动式压力容器办证设为"即办件"，企业即来即办。

李利的延时服务，最让广西某公司工作人员王瑞娜感动。有一次，她

广西勤廉榜样先进事迹新闻宣传报道集

着急办理50台特种设备登记业务，赶到大厅时已经下班了。李利接到她的电话，放下碗筷就赶到办证窗口。她联合科室加班审批，快速发证。4年来，李利提供延时服务1700多件。

"这么好的营商环境，会吸引越来越多的企业到防城港发展。"王瑞娜说。

李利所在的安全质量审批科窗口，在提升政府优质高效服务上成为标杆，先后获"全国组织机构代码文明服务窗口""广西青年文明号"称号。

李利（左）在指导企业开展"网上审批"

## 谨防"白袍点墨" 永葆廉洁清白

李利窗口服务高效、优质、贴心，赢得百姓心。群众满意了，写表扬信有之，请吃饭请旅游有之，送礼品礼金有之。李利严守廉洁底线，经常用"白袍点墨"典故警醒自己——

明朝《水东日记》之中有件轶事，说将军山云被派往广西任总兵。老吏郑牢向山云建言："大人初到，如一洁新白袍，有一沾污，如白袍点墨，终不可湔也。"

有一次，某企业一名经理刚从窗口领走证书，出到大门口就给李利打电话："我带了土特产想送您，您的车在哪？我放到车后备厢。"

"我的电动车没有后备厢，您拿回去吧。"李利回答。经理说："我们是老熟人了，不要紧的。我放到门卫室，您下班去拿。"对这位"执着"的经理，李利简单讲了"白袍点墨"的典故。她诚恳地说："收了就是'白袍点墨'了。我真不能收！"

有事后感谢，也有事前送礼。有一次，为了尽快能领证投产，某企业业务员塞给李利一个信封，说是"辛苦费"。李利拒绝了，在她协调下，该企业如愿提前拿到证书。

党纪心中记，廉洁身先行。小窗口连着群众大问题，李利就像那绽放的金花茶，晶莹光洁，一尘不染，以实际行动擦亮群众满意窗口招牌，以实际成效回应群众诉求关切。

（来源：2019年1月25日，广西纪检监察网，贝为超）

# 国门城市"啄木鸟"

## ——记东兴市纪委监委党风政风监督室主任孙继光

在我国与东盟唯一海陆相连的城市东兴市，有一位纪检监察干部一以贯之做实做细监督职责，时刻把纪律挺在前面，被称为"国门城市'啄木鸟'"。

他像啄木鸟一样"穿木除蠹"，为"树"治病，护卫"森林"。他就是东兴市纪委监委党风政风监督室主任孙继光。

孙继光（右二）在东兴市边贸互市点对口岸执法人员宣传政策

# 监督在前　守好国门

"同志们打私守国门，很辛苦，大家都看得到。但是守住廉洁关，才能守好国门。"2018年5月的一天夜晚，孙继光来到执勤点，用暖心话语和打击走私联合执法人员面对面交流，开展警示教育。

他讲大局："执法人员搞潜规则、收好处费，损害国门形象，更损害党的执政基础。搞不得！"

他讲出路："没问题的，向本单位作出承诺；有问题的，限期内主动交代问题，上缴违纪所得。"

他给违纪人员卸包袱："这是组织给机会。违纪的同志不要心存侥幸，也不要有顾虑，要争取从宽处理。"

孙继光准备离开时，被执法人员吴某拉住了。吴某低声说："主任，我报告一下……"他交代了收取7000元"好处费"的问题，上交了违纪所得。

随着"一带一路"建设推进，东兴口岸日益繁忙。群众反映，有少数执法人员收"好处费"。2016年以来，东兴市深入开展边境口岸执法部门人员违规收取"好处费"问题集中整治专项行动。孙继光把党徽戴在胸前，无论白天黑夜，深入一线敦促违纪人员主动交代问题。

严管和厚爱结合，激励和约束并重。孙继光带队开展政策宣传和思想教育，还重点在执法点集中的边民互市、码头设立举报信箱、张贴公告等，进一步拓宽群众举报渠道。

"监督挺在前，及时发现和纠正违规违纪行为，从而保护党员干部，守好神圣的国门。"孙继光说。2016年以来，东兴市边境口岸执法部门有8人主动退出违纪款88.05万元，按照规定获得从轻处理。

孙继光坚持对出现苗头性、倾向性问题的党员干部及时咬耳扯袖，做到纪法约束有硬度、批评教育有力度、组织关怀有温度。2016年以来，全市有200多名党员干部主动向组织说清问题、讲明情况、交代问题。

如今，孙继光牵头为577名科级干部建立廉政档案，摸清廉情底数，画准领导干部"画像"，让监督更精准，让国门更坚实。

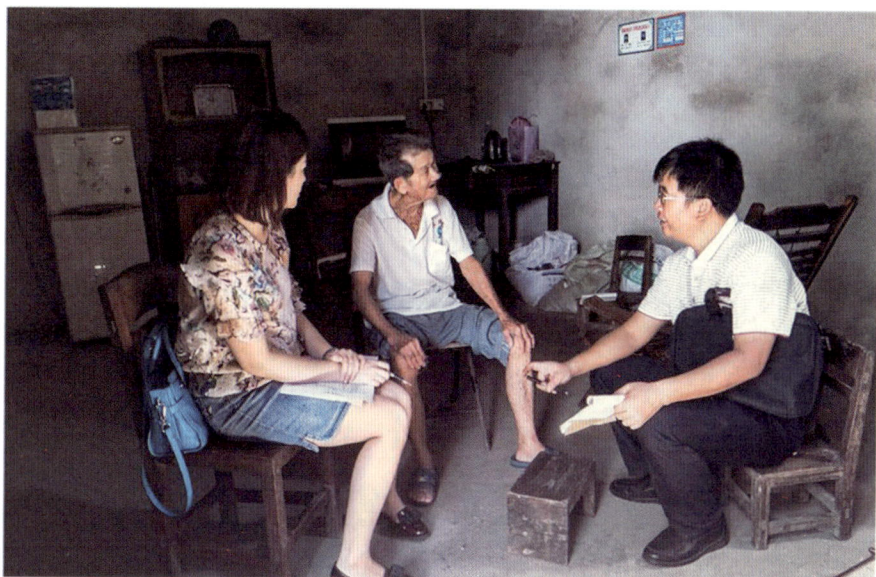

孙继光（右一）入户了解扶贫资金落实情况

# 做细监督　为民把关

"人都过世了，家里人还领边民生活补助。"2016年初，东兴市一些群众抱怨。这立即引起孙继光关注。

实施陆地边境0～3公里范围行政村农村居民生活补助项目，是党的惠民政策。"死人领补贴"现象损害了广大群众利益，反映出落实惠民政策时出现问题。

"这其中很可能隐藏着党员干部违纪行为。"孙继光研判。他带领调查组深入边境一线核查。临近春节，一些群众忌讳谈论死亡，而且又涉及当事人既得利益，调查对象三缄其口。调查工作陷入被动局面。

以百姓之心为心。孙继光转变思路，先是访贫问苦"拉家常"，再切入调查。他带队到东兴镇竹山村核查黄某丈夫的死亡情况，开始时黄某不配合。孙继光关切地了解她的生活情况，得知黄某体弱多病，上有年迈的婆婆要照顾，下有两个孩子要抚养，生活十分艰难。

孙继光非常同情，掏出300元递到黄某手中说："这是我的心意，给孩子买些学习用品。"他还叮嘱村干部要多照顾困难家庭。

227

黄某感动地哭了。孙继光动情地说："帮扶好困难户是党和政府的责任。但是国家惠民政策也得正确落实啊！"黄某最终说明爱人病故的确切时间，并在核查表上签字确认。

全面核查快就打开局面。核查发现，46户边民存在家庭成员死亡后继续领取"0~3公里生活补助"的情形。根据调查结果，在落实政策中不严不实的6名党员干部被严肃追责。

孙继光深入细致排查"死人领补贴"问题，让党的政策落地见效，也通过抓早抓小保护了一批党员干部。

孙继光（左二）带队到东兴市直单位开展政治建设六项重点任务监督检查

## 自身过硬　立威立信

孙继光查办案件，打招呼说情者有之，送钱送物者有之，威胁恐吓者有之……他不为所动。他说："自身不正、不硬，何以立信立威监督别人？"

2016年，孙继光查处某单位干部徐某擅自出国违纪案件。恰巧此时，徐某面临工作调动。更巧的是，徐某的妹妹就是孙继光的同事。

"受处分的话，哥哥就不能调动了。"同事知道利害关系，委婉地和孙继光沟通。孙继光语重心长："纪检干部讲人情，但不能徇私情啊！"他按规定对徐某进行严肃处理。

孙继光行使权力慎之又慎。他与同事共勉："纪检监察干部过不了清正关，损害的是党的事业，到头来也毁了自己。"

他的同学吴某是某单位领导，在主管部门授意下同意以"春节期间慰问职工"名义虚列支出、虚增费用1万多元，冲抵主管部门购买的慰问物资款项。2017年，吴某被立案审查。

"老同学，我不是把钱揣进自己口袋，能不能通融通融？"他悄悄找孙继光说情。其他同学也游说："给处分，伤感情啊！"

"同学感情不可能靠徇私情来巩固。"孙继光说。他顶着说情风，秉公执纪。最终，吴某受到党内警告处分。

孙继光廉洁治家，特别注重家风建设。他对妻子说："我来管'前门'，你来管'后门'。"为了确保守好"后门"，他和妻子约法三章——不该吃的坚决不吃，不该收的坚决不收，不该去的地方坚决不去。

这，就是国门城市"啄木鸟"的过硬风采。

（来源：2019年1月28日，广西纪检监察网，贝为超）

# 敢于挺纪亮剑　严于坚守底线

——记博白县纪委副书记、监委副主任庞群锋

"县扶贫办主任庞某以权谋私，插手扶贫工程项目。"2018年11月，博白县纪委监委接到群众举报，迅速展开核实，对庞某采取留置措施。县纪委副书记、监委副主任庞群锋指导专案组开展谈心谈话，成功突破了案件。

10多年来，庞群锋敢于挺纪亮剑、严于坚守底线，自觉践行忠诚干净担当。2017年，他任县纪委副书记、监察局局长期间，县纪委监察局被评为全国纪检监察系统先进集体。

广西勤廉榜样先进事迹新闻宣传报道集

# 建设监管新载体　把监督挺在前面

庞群锋善于运用信息化手段创新监督方式，把监督挺在前面，提高监督效能。

博白县人口180多万，国家惠民资金补助每年达10亿元。由于监管不到位，群众对"人情保""关系保"及侵吞惠民资金等反映强烈。2011年，县纪委果断决策："开发大数据监督平台，全程监督惠民资金发放。"

庞群锋作为分管领导，带领办案人员进村入户调研，找准监督的关键节点。经过三个月努力，研发出具有公开查询、自动甄别可疑资金等功能的民生资金大数据监督平台。

2011年底监督平台试运行，就发现互斥可疑资金1200多万元，从中发现问题线索159条。2012年通过监督平台发现线索并立案的民生资金违纪案48件，占全年立案总数六成，全县主动申请取消的农村低保金2600多万元。

庞群锋（右）向群众宣传扶贫领域专项治理查办的典型案例，并倾听群众的诉求，进一步拉近了党群之间心与心的距离

监督平台大显神威。2015年6月，国务院研究室专题调研组到博白县调研，撰写经验总结《利用电子动态监督平台对涉农资金全过程透明监管》供领导决策参考。

庞群锋与时俱进。今年3月，他负责对监督平台进行升级完善，新增事前监督功能、项目监督功能等，设立微信举报。群众发现问题可以即时拍照上传举报。

"贞平村六秀至周垌顶道路建设不合规定……"2018年4月，监督平台接到微信举报。庞群锋核查该线索，立案审查6名责任人。平台运行以来监督民生资金85.4亿元，通过大数据比对分析发现低保、危房、水库移民后期扶持等资金隐藏的问题线索1241条，转立案483件，纪律处分483人。

庞群锋开创了许多在全区甚至全国领先的监督手段，包括民生资金监督机制、扶贫攻坚"解剖麻雀"式督查等，得到广泛认可。

## 向违纪违法亮剑　为实干干部撑腰

庞群锋敢于亮剑，敢啃"硬骨头"。他奋战在基层，既铁腕"拍蝇"，又为敢于担当的干部担当，为敢于负责的干部负责，彰显出新时代纪检监察干部的本色。

2011年，新田镇党委书记朱某、镇长秦某合谋侵吞资金30万元。两人虚开票据手段隐秘，线索非常有限。该案成了"硬骨头"。庞群锋另辟蹊径，直奔报账员住处。他找到一个纸箱，翻出一堆碎纸片耐心拼接，查到相关证据，成功突破了该案。

越是"硬骨头"，越能激发斗志。2018年4月，庞群锋全面核查专业合作社违规获取项目扶持资金的问题线索，发现某村主任冯某既是一家合作社的法人代表，同时又是庞某付为法人代表的另外一家合作社社员。案件扑朔迷离，庞群锋开展关联调查。冯某一脸疑惑地说："我只成立有自己的合作社，根本不知道我是庞某付作为法人代表合作社的社员这回事。"原来是庞某付借用多名群众身份证成立合作社。

庞群锋顺藤摸瓜，查出县经济作物站站长庞某平以堂弟庞某付名义虚构并注册成立水果种植合作社，利用职务便利以虚假材料申报项目，骗取

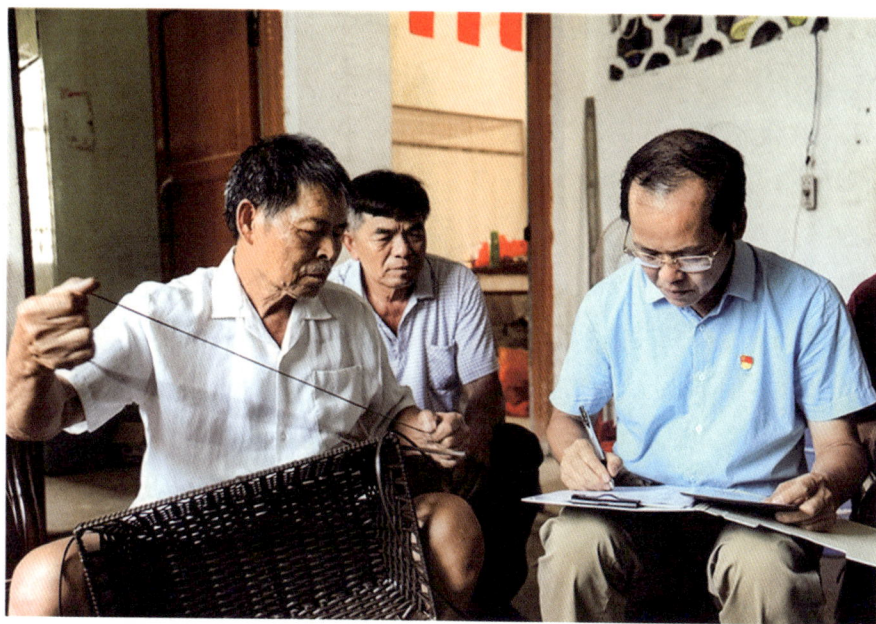

庞群锋（右一）带案下访，向群众核查案件问题线索

国家扶持资金。2018年5月，庞某平被移交司法机关处理。

2015年以来，全县纪检监察机关立案1420件，其中由庞群锋主办案件231件。"对违纪违法干部，敢于亮剑；对被诬告和错告的干部，也要敢于维护。"庞群锋说。

2018年4月，群众举报旺茂镇一村干部擅自出租水库破坏水利等问题。经核查，举报失实。庞群锋立即到该村召开会议澄清。

文地镇一名领导在征地拆迁工作中敢作为，个别拆迁户诬告他贪污受贿。庞群锋带队核查，并对不实举报进行澄清。

"纪检监察干部要敢于为受到错告诬告的党员干部澄清事实、撑腰打气，激发和保护创业干事的积极性。"庞群锋说。该县2018年受理信访件255件，完成初核89件，已经查明澄清失实信访举报件74件。

## 威逼利诱不能移　守护利剑不蒙尘

庞群锋是"善禁者"，更"先禁其身"，他坚决守护廉洁底线，守护利剑不蒙尘。

"我向你反映情况。"2017年7月，县里某单位领导来到庞群锋办公室，放下一个信封就走。庞群锋发现是一沓钱，拔腿就追，没有追上。

　　"你什么意思？"庞群锋打电话质问。原来，对方听说纪委收到有关他的举报信，希望照顾一下。庞群锋一口回绝，通过对方工资卡号将钱退了回去。

　　一次，庞群锋带领专案组查处一名挪用公款的乡镇领导。被调查对象的妻子守在庞群锋所在小区门口守候，要找庞群锋求情。他下班回家，见状便掉头返回办公室。

　　庞群锋打电话嘱咐妻子留意这名妇女。直到半夜，那名妇女离开了，他才回家。第二天夜里，这名妇女又找到庞群锋家里，将一箱水果、牛奶放下就离开了。庞群锋只好将该女子送的礼品拿回单位，请人帮退了回去。

　　庞群锋面对诱惑和侵蚀，从来没有动摇；多次被跟踪、包围、恐吓，从来没有退却。他说："自身正，才能过得硬！"

（来源：2019年1月29日，广西纪检监察网，贝为超）